LES DRAMES DE L'HISTOIRE

LE CLOITRE ROUGE

Par RAOUL DE NAVERY

LIBRAIRIE BLÉRIOT

HENRI GAUTIER SUCCESSEUR, 55, QUAI DES GRANDS-AUGUSTINS, PARIS

LES DRAMES DE L'HISTOIRE

ONZIÈME ÉPISODE

LE CLOITRE ROUGE

PAR RAOUL DE NAVERY

I

PROJETS DE FÊTES

Une réunion nombreuse, composée d'hommes d'âges divers et
qui tous portaient sur leur front le signe indélébile et sacré du
travail assidu et de l'élévation de la pensée, se pressait dans une
pièce aussi vaste que la salle d'armes d'un palais, haute comme le
vaisseau d'une église. La décoration de cette galerie, d'un goût un
peu théâtral, unissait la richesse à la grâce. Les murs étaient tendus de tapisseries de Flandre, tissées de fines laines mêlées de fils
d'or, et dont les sujets d'une élégance légèrement archaïque lais-
saient la pensée flottante entre la précision de l'histoire et le charme
de la fiction. Point ne s'épanouissaient dans les jardins, hors ceux
du paradis, les fleurs brodées avec un art précieux ; point n'effleu-
raient la terre de leurs pieds blancs demoiselles semblables aux
vierges richement accoutrées, passant en groupes recueillis le long
d'un portique d'architecture idéale ; mais ces tableaux se trouvaient
merveilleusement à leur place sur les murs de la vaste salle dans

laquelle se pressait à toute heure l'élite des artistes peintres, imagiers, repousseurs, ciseleurs et orfèvres de la ville de Gand, accom-
pagnés des doctes hommes que leur éloquence et leur renom de
poètes plaçaient à la tête du mouvement intellectuel des Flandres.

La lumière des lustres répartis dans la grande salle multipliait
des plaques lumineuses tranchant sur le fond adouci des peintures,
selon qu'elle frappait sur une rondache en cuivre repoussé de
Jacques Germès le batteur de métaux, ou sur des panoplies d'armes
pures encore de sang versé, mais dont les poignées réalisaient des
merveilles de ciselure élégante.

Des statuettes de marbre et de bois, des coupes d'orfèvrerie, des
missels enluminés ornaient les meubles, les crédences, la cheminée.
Chaque artiste de Gand tenait à honneur de contribuer à l'ornementation d'une salle dans laquelle littérateurs, sculpteurs et
peintres se réunissaient en de solennelles occasions, afin d'y tenir
les assises de l'art flamand, et de prendre telles décisions capables
de mettre en relief la richesse de la cité, la gloire de ses peintres
et de ses imagiers, la clergie de ses savants et l'inspiration de ses
poètes.

Depuis plus d'une heure, les premiers groupes grossissaient
grâce à l'arrivée des nouveaux venus; chaque artiste, chaque litté-
rateur cherchait du regard ses amis, et s'empressait de les rejoindre.
Les mains se serraient amicalement, les questions se multi-
pliaient sur les lèvres. Une grande animation régnait dans l'assemblée; les plus jeunes parmi les sculpteurs, les peintres et les poètes
s'adonnèrent à leur verve, jusqu'au moment où le plus âgé des
assistants, consultant du regard la grande horloge, laissa tomber
ces mots :

— Sept heures !

Il se fit alors, et comme par enchantement, un grand silence
dans la salle.

— Hugo van Goës! dirent vingt voix, où est Hugo van
Goës?

Un homme dans toute la mâle beauté de la jeunesse regardait le défilé appuyé contre une colonne. Il s'avança au-devant d e ceux qui l'appelaient :

— Qui me demande? Que voulez-vous? dit-il.

— Maître Rogier a raison, ajouta l'adolescent qui venait de prononcer le nom de Hugo ; il est temps de songer aux choses sérieuses et d'étudier tous ensemble les moyens de rendre plus solennelle l'entrée dans sa bonne ville de Gand de monseigneur le comte Charles de Charolais, devenu duc de Bourgogne par la mort de son père, notre maître Philippe le Bon, à qui Dieu fasse miséricorde !

— Oui, oui, Hugo ! Hugo ! crièrent vingt voix.

Le jeune homme se rapprocha de la cheminée contre laquelle il s'appuya.

— Mes chers amis, dit-il, il est vrai que monseigneur de Bourgogne, consultant plus son amitié que mon savoir, m'a chargé de veiller à ce que la pompe de son entrée fût digne d'un prince tel que lui, et d'une cité telle que la vôtre; mais j'ai plus longtemps habité Bruges que cette ville, et je viens non vous communiquer mes idées, mais demander conseil aux artistes maçons, peintres et sculpteurs, dont vous avez le droit d'être fiers.

— Le comte de Charolais est le plus brave des chevaliers, dit une voix, et à dix-sept ans il remportait le prix du tournoi dans une joute fameuse; m'est avis qu'il faut lui offrir une fête unique dans les fastes de la chevalerie.

— Il s'esbattait hardiment au jeu de barres de Picardie comme pas un de son âge; organisant des courses et divertissements de ce genre, il faut lui rappeler la verdeur de sa jeunesse.

— N'oubliez pas la musique, Hugo van Goës, dit la douce voix d'un jeune homme, Charles de Bourgogne y reste fort sensible.

— Ni les pompes d'église, car il s'est toujours montré plein de respect pour la foi de son baptême.

— Croyez-moi, Hugo, ajouta un homme d'environ trente ans, dont le visage respirait une noble inspiration, faites jouer un mystère afin de satisfaire le goût du prince pour les représentations théâtrales de farces, sotties et autres jeux de mimes et de jongleurs.

Hugo van Goës ne put s'empêcher de sourire.

— Savez-vous, dit-il, que vous venez de faire, sans y songer, le multiple éloge de messire Charles de Bourgogne ! L'un a vanté son adresse, l'autre sa prud'homie ; chacun a parlé de son goût pour la peinture, la musique, les jeux de la scène : si l'on ne chérissait à l'avance le fils de Philippe le Bon, on l'aimerait d'après le portrait que l'on s'en peut former par des goûts si délicats et si variés. Rivalisons donc d'invention afin de lui ménager, dans cette ville, une entrée capable d'atténuer un peu la douleur que lui fait éprouver la mort de son père. Pauvre noble prince ! je l'ai vu près du lit d'agonie de Philippe le Bon, pleurant comme un enfant, le suppliant de ne point l'abandonner, lui demandant pardon si d'aucunes fois il l'avait offensé, et réclamant son dernier regard avec sa bénédiction. Jusqu'à ce moment, j'aimais monseigneur de Charolais comme un vaillant prince, un maître généreux ; je sens aujourd'hui que pour lui je donnerais ma vie.

— Bien dit ! s'écria un jeune homme en pressant les deux mains de Hugo van Goës, et crois-le, si jamais Charles le Hardi se trouve en danger, tu ne seras pas seul à le défendre.

— Nous sommes trois pour signer un tel pacte, ajouta Gaspar Ofhuys.

— Revenons donc à notre point de départ, reprit Hugo ; vous venez tous de donner d'excellents avis. Nous offrirons au souverain de Bourgogne des spectacles chevaleresques, et nous flatterons en même temps son goût pour les arts ; profitons, si vous le voulez bien, de son entrée à Gand pour faire jouer devant lui un nouveau *mystère* écrit par Gaspar, facteur de notre chambre de rhétorique ; les acteurs savent leurs rôles, les décors sont presque terminés ; les machines destinées à monter les anges au paradis, et les trappes dans lesquelles s'engouffreront les diables peuvent s'achever en deux jours ; les répétitions menées grand train permettront de donner la pièce avec un complet succès, et nous aurons encore le temps d'inviter à notre fête littéraire les membres des diverses chambres de rhétorique dont s'honorent les Flandres.

— Bien dit ! fit Hemling en applaudissant.

— Mes amis, ajouta Gaspar, je ne saurais sans grande crainte et tremblement faire représenter pour la première fois *le Mystère de saint Bavon* devant si notable assemblée ; cependant, je tiens à ce grand honheur de concourir à la splendeur des fêtes données en réjouissance de l'entrée de notre jeune duc dans sa ville, que me voici prêt à surveiller les répétitions de la pièce ; je demande seulement que vous m'adjoigniez Régnier van Mols, notre plus habile trouveur, pour les compositions des sotties et les joyeux devis des compagnons.

— Il nous faut écrire tout de suite aux *chambres de rhétorique* dont la Belgique garde le droit d'être fière ; et pour que ce travail soit achevé avec plus de célérité nous le partagerons.

— Je suis prêt à servir de scribe, répondit Gaspar.

— Vous n'oublierez pas, Hemling, reprit Hugo, de joindre sur le vélin de chacune de ces lettres d'invitation le blason idyllique, ainsi que la devise morale ou religieuse de chacune de ces chambres.

— J'en ferai de véritables miniatures, répondit Hemling.

— Et vous aurez de charmants sujets à reproduire... Est-il rien de plus poétique que les emblèmes de nos chambres : la *fleur de blé*, la *fleur de lys*, la légende de la ville d'Ypres : l'*Alpha* et l'*Oméga* ; la *branche* d'*olivier* avec cette devise : *Ecce gracia* ; la *fleur d'églantier* avec cette autre : *Nous fleurissons par l'amour* ; le nom triomphant de la *vallée de la joie* ; car, en effet, toute réjouissance nous vient des lettres chrétiennes et morales. Le nom de la chambre de Lichterwelde, *les voyageurs pacifiques*, n'exprime-t-elle point merveilleusement cette idée que les hommes voués à la poésie comme à l'éloquence doivent vivre dans des sentiments de douceur et de concorde ? La grâce païenne des Muses s'efface chez nous devant la pudeur et la mansuétude des vertus chrétiennes.

— Cela est vrai, ami, répliqua Gaspar ; aussi je regrette que quelques-unes de ces chambres aient adopté des noms prosaïques, et tels qu'on croit en les entendant que leurs membres se réunissent plutôt pour des goinfreries et des ripailles que dans le but de s'en-

Un homme regardait le défilé. (*Voir page 3.*)

courager dans l'étude des belles et doctes sciences. Ne rougiriez
vous pas de témoigner de votre amour pour les réalités de la vie en
vous groupant sous l'insigne du persil et du boudin?

— Mon Dieu! dit Hemling, je ne me révolte pas aussi fort que
vous contre certaines joyeusetés; notre misérable nature est un
mélange de vertus divines et de défauts exécrables. Les membres

de ces chambres ne sont point méchants compagnons, et s'ils aiment trop le rire, croyez-moi, assez vite ils apprendront que l'existence de tous a ses heures de larmes ; je peindrai donc des branches de *persil* et des *boudins* plantureux sur l'invitation adressée à ces joyeux compères ; rappelez-vous cependant que j'aurai mille fois plus de satisfaction à dessiner l'emblème de la société de Bruges, qui est une blanche colombe, figure du Saint-Esprit, laquelle porte dans son bec cette belle devise : *Mon œuvre est céleste* !

— Voici un premier point décidé, reprit Hugo, nous convierons les chambres de rhétorique de Belgique à nos fêtes ; mais, afin de les engager davantage à y accourir, nous devrions y ajouter le programme d'un tournoi pacifique, dans lequel chaque jouteur répondrait, devant une savante assemblée, à une question d'art, de philosophie ou de morale... Notre duc Charles prendrait grand plaisir à ces déduits...

— Eh bien, fit Gaspar, proposons la question qui fut posée lors de notre dernière assemblée : « Qu'est-ce qui invite le plus l'homme aux arts et aux sciences ? »

— Oui! oui! crièrent vingt voix.

— Nos amis et frères souhaitent que l'on envoie semblable cartel?

Une explosion de cris et de bravos prouva combien la proposition de Gaspar trouvait d'adhérents.

— Une branche de laurier d'or récompensera le vainqueur, dit Hugo ; je souhaiterais maintenant, pour augmenter la pompe de la fête, que nous joignions aux prix d'éloquence, de dialectique, de poésie, aux donneurs de solutions les plus ingénieuses, un prix à celles des chambres de rhétorique qui feraient dans notre ville l'entrée la plus magnifique, et dont les membres pourraient le mieux représenter et faire entendre, par figures ou autrement, comment on pourra s'assurer en amitié et départir amiablement ; un prix à la chambre qui représenterait le plus artistement sa devise ; un prix pour la plus belle et solennelle entrée à l'église ; un autre prix pour le plus brillant feu de joie, soit sur l'eau, dans des

barques, soit sur les places, à brûler tonneaux de poix, à faire des
fusées, allumer des torches, des lanternes, des poêles à feu; un prix
à la société jouant le mieux la comédie; une récompense à l'auteur
qui, dans son prologue, prouverait le mieux combien les marchands
honnêtes sont profitables au commerce; enfin, et tout en tenant
compte de l'observation de Gaspar, un prix pour celui qui pourrait
le plus amiablement ou gaillardement faire le fol sans injures ni
déshonnêtetés...

A mesure que van Goës formulait son programme, Gaspar en
écrivait les divers articles, et quand il les relut à la foule pressée
vers la haute cheminée, des applaudissements unanimes apprirent
à Hugo qu'il venait de remporter un succès complet.

Immédiatement fut dressée la liste des quatorze chambres de
rhétorique existant dans les diverses villes et seigneuries du Brabant, afin de les convoquer aux fêtes que donnerait la ville de Gand
en honneur de son nouveau duc.

Ces points divers une fois réglés, les artistes et les poëtes assem-
blés dans la grande salle procédèrent à l'élection des dignitaires
de la chambre de rhétorique de Gand.

Régnier demeura le trouveur par excellence, le poëte au gentil
esprit, inventant choses gracieuses et légères, sans jamais s'écarter
de la décence du langage. Le doyen, longtemps acclamé après le
vote, avait fait ses preuves dans plus d'un concours public; Gaspar
resta le facteur aimé, vénéré, en dépit de sa jeunesse, chargé de
composer les pièces destinées à augmenter la pompe des grandes
solennités, de dresser le programme des fêtes et des réunions im-
portantes; Roger van Elsen reçut avec modestie le titre de prince,
que lui valait plus d'une belle ode rimée; enfin le titre d'empereur,
qui de tous était le plus magnifique, fut décerné à un vieillard de
grande taille, dont la belle figure rayonnait de sérénité, et dont la
barbe fleurie, comme celle du vieil empereur Karl, descendait à
flots sur un pourpoint de velours noir, rehaussé par une lourde
chaîne d'or supportant une médaille de Notre-Dame-de-
Haut.

Un tout jeune homme, dont les jolies et modestes filles de Gand chantaient la ballade :

> Ma mie semble un lis endormi
> Sous les fraîcheurs de la rosée...

obtint l'honneur d'être le porte-enseigne de la chambre et de faire flotter sa bannière le jour de l'entrée du duc Charles.

Il avait nom Corneille van Oost, et travaillait avec grand zèle dans l'atelier d'Hugo van Goës.

Le procureur fiscal, chargé d'enregistrer les faits et gestes des membres de la chambre, continua d'être Pierre Orloy, savant compilateur, rédacteur de chroniques, écrivain de renom et pru-d'homme aimé et vénéré de toute la ville.

Après le mouvement général auquel donnèrent lieu ces élections diverses, il se fit un instant de silence relatif, pendant lequel Corneille van Oost demanda de sa voix argentine :

— Vraiment, Messires et amis, ces élections sont parfaites, et, pour mon compte, j'ai grande joie au cœur en songeant que je porterai haut notre bannière ; mais il vous reste une tâche plus dé-licate et plus difficile à remplir.

— Laquelle ? demanda Gaspar.

— Corneille a raison, répliqua Hemling, nous n'avons pas nommé la reine de rhétorique.

Artistes, poètes et savants se regardèrent ; la même indécision se lut sur leur visage.

— Il faut nommer la plus belle, dit Hugo.

— La plus sage, dit gravement Gaspar.

— Vous avez tort tous deux ! s'écria Hemling ; le titre de reine de rhétorique doit appartenir à la jeune fille de Gand réunissant la beauté la plus pure à la vertu la plus parfaite.

Il se fit un moment de silence ; chaque peintre cherchait dans son souvenir quel doux visage lui rappelait une vertu sans ombre. Les sculpteurs évoquèrent l'élégante apparition d'une vierge gra-cieuse sous la roideur du surcot ; les vieillards se demandaient quelle enfant bénie, parmi celles que l'on voyait chaque dimanche s'agenouiller devant l'autel et suivre pieusement son office, méritait la royale et sainte couronne que les Gantois allaient être appelés à décerner.

Une des choses qui contribuait le plus au grand renom des chambres de rhétorique dont la Belgique s'honorait, et qu'elle fonda en même temps que Clémence Isaure présidait à Toulouse les *Jeux sous l'ormel*, c'est qu'au sentiment littéraire qui la portait à rechercher le progrès dans la poésie et l'éloquence, elle joignait une foi ardente et un culte discret pour la femme. Elle ne lui dressait point d'autels comme l'antiquité, mais jugeant que de l'éducation, du dévouement de la mère, de la tendresse de l'épouse, de l'enjouement de la sœur, de la grâce de la fiancée découle toute joie familiale, ils associaient la femme à leurs solennités, à leurs fêtes, et faisaient retomber sur elle un rayon de la pure gloire de Marie, dont le culte était alors plus grand en Belgique que dans les autres pays de la chrétienté.

En se dévouant à l'étude, le pieux moyen âge plaçait les lettres sous l'égide sacrée de l'Eglise ; il choisissait des prêtres et des évêques pour les mettre à la tête de ses académies ; il déposait sur l'autel les palmes et les couronnes des lauréats ; et quand il célébrait la femme dans sa magnifique trilogie. — la vierge, l'épouse, la mère, — il se souvenait de la divine Empérière du monde.

Les plus anciennes chambres de rhétorique, fondées l'une à Leyde avant l'an 1200, l'autre à Diest, avaient, comme leurs sœurs de Normandie, connues sous l'appelation de *Puys*, et leur sœur de Toulouse, l'*Académie des jeux floraux*, mis en quelque sorte la vierge Marie à la tête du mouvement ascensionnel des arts et des lettres. A cette époque, appelée l'âge divin de la peinture, la Foi semblait la première et la plus belle des Muses ; aussi, durant toute la période du moyen âge, voyons-nous se répandre les légendes sacrées, s'écrire des proses et des hymnes magnifiques, se former et s'arrêter la langue même de la musique, à l'instigation d'un pape qui fut à la fois un grand homme et un saint, et se multiplier les œuvres d'art les plus pures qui puissent donner la mesure de l'inspiration religieuse.

L'art, descendu d'en haut, ne se croyait d'autre mission que de tendre vers le ciel et d'inspirer au plus grand nombre d'hommes possible l'amour du beau et le culte du bien.

Les chambres de rhétorique savaient que le premier chapel de roses donné à une vierge de Salency avait été posé sur un front pur de la main d'un pieux évêque; en associant les femmes à ces solennités, elles leur gardaient une magnifique auréole de pudeur; la beauté n'exerçait nul droit si la vertu la plus pure n'en doublait l'éclat. De là vient qu'au moment où Corneille parla de la dernière élection à laquelle les artistes et littérateurs de Gand devaient procéder avant de se disperser, un émoi discret remplit plus d'un cœur. Le vieillard souhaitait semblable honneur pour sa dernière fille, les frères tressaillaient à la pensée de voir, rougissante et confuse, leur jeune sœur parée comme une princesse, et conduisant la pompe académique de la ville de Gand.

Cependant, après quelques indécisions, pendant lesquelles des groupes se formèrent pour discuter les candidatures mises en avant un nom fut prononcé par la foule :

— Aléna! Aléna!

Toute compétition s'éteignit; les belles et chastes filles timidement proposées par quelques voix, et dont l'image charmante venait d'être évoquée, disparurent comme pâlissent les étoiles au lever de l'aube. Il ne parut pas même nécessaire de recourir à un vote, une acclamation générale salua Aléna reine de rhétorique.

La blonde fille à qui l'on destinait ce suprême honneur, assise en ce moment dans la salle basse de la maison de son père, dont les fenêtres dominaient le fleuve, tirait patiemment les fils d'une bande de toile dont elle allait faire une précieuse dentelle.

Chaque année son épargne s'arrondissait. (*Voir page* 17.)

II

LA TAVERNE DU HOUBLON D'OR

Lorsque l'élection fut terminée, Hugo Van Goës, s'asseyant à
la même table que Gaspard Ofhuys, s'était mis à écrire, d'une

main exercée, la lettre par laquelle la Chambre de Rhétorique de
Bruxelles, dite *Le Livre*, était convoquée à Gand. C'était une
des plus anciennes de Belgique, et lorsque le duc Jean IV fonda
l'université de Louvain, il ne manqua pas de s'affilier à l'assemblée
de Bruxelles, laquelle jouissait d'un grand renom pour la perfection avec laquelle déclamaient ses confrères et la pompe présidant
aux mystères qu'elle représentait. Elle datait de l'an 1401 et avait
pour doctes filles : *la Violette, la Fleur de Blé, la Branche d'Olivier,
la Fleur de Lys*. L'élan littéraire donné par le duc Jean IV ne
s'était point ralenti, grâce au zèle des chambres de rhétorique. La
cour de Jean IV, la plus docte et la plus brillante, avait vu réunis
autour du monarque Edmond de Dynter, historien ; Pierre Thy-
mo, secrétaire du prince et chroniqueur de renom, premier pen-
sionnaire de Bruxelles ; Rogier de Bruges, l'habile élève d'Hubert
van Eyck ; André Vésale, l'anatomiste, dont le petit-fils devait
illustrer toute la race ; Jean de Ruysbroeck, dit van der Berghe,
qui dirigeait les travaux de l'hôtel de ville et de Sainte-Gudule ;
enfin Jacques Gomès, le batteur de cuivre, qui élevait à la hauteur
d'un art, ayant ses règles précises, la reproduction en ronde-bosse
de dessins aussi merveilleux que le bouclier dont Homère nous
laissa la description.

A partir du règne de Jean IV, l'art prit en Belgique un nouvel
essor, il se dégagea des langes dans lesquels il semblait parfois
captif, et toutes les branches de l'arbre immense, sous lequel
s'abritent les hommes qui se sont voués au culte des grandes
choses, poussèrent des jets si vigoureux, si inattendus, qu'ils
eussent suffi pour protéger de leur ombre les élus d'entre les
hommes dont l'intelligence et l'amour de l'art passionnent et do-
minent la vie.

Aussi la Belgique semblait-elle, à cette heure, une vaste académie ouverte à tous ceux qui gardaient bon vouloir. Les princes
des Flandres, plus riches que des rois, encourageaient la produc-
tion des chefs-d'œuvre par la faveur dont ils comblaient les sculpteurs et peintres ; ils en faisaient à la fois leurs compagnons, leurs

familiers et leurs ambassadeurs; et si le jeune duc Charles, la
veille encore comte de Charolais, était attendu dans la ville de
Gand avec une si affectueuse impatience par tous les artistes, dont
les principaux nous sont connus, c'est que Hemling, Goës, Gaspar, Régnier, Rogier étaient les amis de sa jeunesse, et savaient
que le prince héritait non-seulement des titres et possessions de
Philippe le Bon, mais encore et surtout de son goût pour les arts
et de son culte pour les lettres.

Les graves affaires relatives aux cartels à adresser aux chambres
de rhétorique de Belgique étant réglées, les plus âgés parmi les
lettrés et les artistes de Gand se retirèrent lentement; les jeunes
gens demeurèrent seuls dans la vaste salle plus attristée qu'éclairée
par la lumière des torches de cire.

— Compagnons, dit Hugo van Goës, m'est avis que notre ami
Gaspar nous doit initier un peu au *Mystère de saint Bavon*; nous
avons parlé ce soir jusqu'à nous sentir le gosier sec et la gorge
brûlante, faisons un tour à la taverne de Florus, nous viderons
ensemble un gobelet de bière à la splendeur des fêtes de monseigneur Charles.

— Permettez, dit Gaspar, la taverne de Florus...

— Est précieuse pour plus d'un d'entre nous, répondit Hemling
lorsque nous avons à peindre la passion de Notre-Seigneur, et
qu'il nous manque un sauvage soldat de Pilate, ou la figure d'un
bourreau, nous entrons chez Florus, nous descendons dans la salle
basse, et il nous suffit de regarder autour de nous pour découvrir
notre modèle... Du reste, soyez tranquille, Gaspar, pas plus que
vous je n'aime les beuveries tapageuses; nous aurons chez Florus
un retrait mystérieux, où nous parlerons de nos projets presque
aussi paisiblement que dans cette salle.

— Allons! répondit Gaspar Ofhuys.

Quelques minutes plus tard, les jeunes gens se dirigeaient vers
le logis du *Houblon d'or*.

L'enseigne de la maison indiquait assez sa spécialité; maître
Florus tenait à orgueil de vendre la meilleure bière de la ville, et

quoiqu'il en débitât de qualités diverses, la justice que l'on doit à tous, même aux taverniers, oblige à avouer que nulle maison, si bien achalandée qu'elle fût, ne pouvait rivaliser avec celle-ci.

Les clients du tavernier appartenant à des classes très-variées, le brave homme avait divisé son immeuble en zones entièrement distinctes : les caves, confortablement dallées et voûtées, et dans lesquelles ou descendait grâce à des escaliers en vis, s'emplissaient régulièrement tous les soirs de matelots du port et de gens de métier las du travail de la journée et impatients de se réconforter grâce à une tranche de bœuf succulente et à un cruchon de bière.

L'épaisseur des murailles et des plafonds étouffait le bruit des voix élevées à un diapason insolite, les refrains plus gais qu'harmonieux et, il faut bien l'avouer, les rixes qui succédaient parfois à l'échange de mots un peu vifs.

La bonhomie flamande contenait longtemps les premiers mouvements d'irritation ; mais quand débordait la colère, elle se manifestait par des roulements de coups de poings capables d'enfoncer les crânes les plus solides, et par l'envoi en guise de projectiles des gobelets et des cruchons épars sur la table.

Lorsque Florus, tardivement averti par la servante, accourait sur le champ de bataille, il se contentait d'admonester paternellement les lutteurs autour desquels les consommateurs formaient une galerie de curieux ; puis, lorsque l'un des combattants s'avouait vaincu ou restait sur le carreau, Florus comptait flegmatiquement les cruches cassées, les brocs d'étain bossués, et les ajoutait au compte du vainqueur.

Cette habitude du tavernier avait force de loi au *Houblon d'or*. Si parfois un cri, un appel s'élevaient des profondeurs de la cave jusqu'au rez-de-chaussée, le petit Frisel, qui versait à boire, montrait ses dents blanches et battait des mains en répétant :

— S'amusent-ils, ces marins du port! Par saint Bavon, s'amusent-ils!

Et tandis que les bourgeois s'épanouissaient à la pensée de la gaieté des matelots et des gens de métier, on cassait des mâchoires et on brisait des clavicules dans les profondes caves de la taverne. Au rez-de-chaussée, le *Houblon d'or* gardait bonne apparence.

La joie s'y maintenait dans les limites de la convenance, et le culte de Gambrinus n'entraînait jamais jusqu'à l'ivresse. On vidait les pots mousseux entre bourgeois, tout en traitant des affaires de négoce, en préparant des alliances, en devisant du départ et de la cargaison d'un navire, des questions d'impôt, des voyages dont on revenait, des découvertes que l'on allait faire. C'est à peine si à la fin d'un repas la chanson fleurissait sur les lèvres, et alors on la disait presque discrètement en souriant des prunelles et des angles de la bouche, et les amis, les coudes sur les tables, rapprochant leurs faces colorées, répétaient en chœur le refrain flamand ; mais si bas, si discrètement que jamais Florus n'eut de représentations à faire aux habitués de son rez-de-chaussée.

L'aspect du premier étage était entièrement opposé. D'assez belles tentures couvraient les murailles, des bras de cuivre curieusement repoussés et ciselés soutenaient des torches de cire ; sur les crédences s'étalait de belle vaisselle. Tout le luxe de la maison de Florus se réfugiait dans cette partie de la maison fréquentée par les jeunes seigneurs et les artistes en renom, qui, pour la plupart, étaient amis de ces gentilshommes.

Afin que rien ne manquât aux plaisirs de ces clients, la petite chambre voisine de la grande salle renfermait une collection d'instruments de musique, et chacun, suivant son goût, pouvait prendre après le souper une citole, un rebec, une harpe ou une guitare. Assez souvent, et jusqu'à l'heure où la voix inflexible du crieur avertissait qu'il était temps d'éteindre les lumières et de couvrir le feu de l'âtre, on entendait sortir du premier étage du *Houblon d'or* des sons d'instruments mariés avec grand art, et des chants si merveilleux que la foule s'amassait sous les fenêtres afin d'entendre chanteurs et musiciens.

Point n'est besoin de demander si Florus faisait de bonnes affaires. Sa mine épanouie trahissait son contentement. Chaque année, à mesure que s'arrondissait son épargne, son abdomen s'élargissait dans des proportions nouvelles; et il était à redouter, si la fortune continuait à favoriser de la sorte le tavernier, que celui-ci se trouvât obligé de faire agrandir considérablement la porte de sa maison, afin de pouvoir en sortir et y rentrer.

A mesure que Florus prenait cette amplitude de formes, son caractère devenait plus jovial, sa gaieté plus expansive; sa grosse face rayonnait comme un soleil, ses grosses mains se reposaient plus à l'aise sur son ventre majestueux, et ses yeux, qui semblaient diminuer à mesure que s'arrondissaient ses joues, pétillaient de mordante malice.

Florus avait une fille, mince, blanche et blonde, que les habitués de la maison connaissaient à peine, car Florine habitait le béguinage, et ne se montrait à côté de son père que le dimanche, dans l'église de Saint-Bavon. On pouvait alors admirer l'élégance de sa taille dessinée par les plis de la faille noire en samit qui lui couvrait à peu près le visage, un tout petit pied laissé à découvert par la jupe en fine laine, et des mains charmantes tenant un missel que Florine avait enluminé.

L'héritière de Florus était à la fois savante et jolie, et le tavernier rougissait souvent d'orgueil à la pensée que sa fille à lui, l'hôte du *Houblon d'or*, avait été demandée en mariage par plus d'un riche bourgeois et d'un échevin de la ville. Mais Florus ne se pressait point d'accorder la main de sa fille; il comptait avant cette heure céder la taverne, source de sa fortune, et se retirer avec Florine dans une maison fleurie récemment achetée à l'extrémité de l'un des faubourg de Gand, et y vivre en bourgeois richement renté et possesseur de bateaux faisant au loin un commerce lucratif.

L'argent n'était pas, du reste, l'unique richesse de maître Florus.

De tout temps, et même dans ces Flandres où l'art était tenu en si grand honneur, les peintres eurent la main libéralement ouverte. Comment tenir sournoisement aux écus d'or gagnés par quelques coups de pinceau? L'artiste, croyant en son génie, sait que le lendemain même il retrouvera dans le travail une source égale de fortune; et les ducats s'échappent de sa main avec la prodigalité des princes d'Orient qui trouvent dans les souterrains de leurs palais d'inépuisables trésors gardés par les génies. Seulement, ces fils favorisés de l'art comptaient sans les molles rêveries de la paresse qui paralysent parfois le bras et le cerveau ; sans les entraînements des amis qui vous arrachent au labeur en faisant miroiter devant vous les gaietés d'une fête nouvelle ; sans les difficultés d'enfantement d'une œuvre lentement conçue, que l'on porte en soi comme un cher fardeau, et qui, avant de voir le jour, nous condamne à de secrètes douleurs, pendant lesquelles, absorbé par la pensée de l'œuvre à créer, l'artiste reste incapable de se livrer au moindre labeur.

De toutes ces raisons, il résultait souvent que les peintres habitués de la taverne du *Houblon d'or* se trouvaient dans l'impossibilité de solder à maître Florus les dettes contractées chez lui.

Le bonhomme, souriant et jovial, refusait si implacablement tout crédit que nul de ses clients ne l'eût prié de faire une exception en sa faveur; mais tous savaient que Florus acceptait sans contestation et à l'égal de monnaie courante une toile, une esquisse, un dessin, suivant le chiffre de la dette; de plus, si l'objet livré avait une valeur dépassant consciencieusement la somme exigible, Florus en tenait compte à l'artiste avec une bonne foi digne de louanges.

Jamais aucun des peintres ayant soldé sa note au moyen d'une œuvre d'art ne la revoyait dans la taverne; Florus envoyait chaque acquisition nouvelle rejoindre les tableaux dont s'ornait le vaste parloir de la maison du faubourg. Mais si Florus se montrait assez accommodant à l'égard des peintres annonçant un talent réel ou possédant une juste renommée, il restait intraitable pour les barbouilleurs condamnés à demeurer dans les bas-fonds de la médiocrité.

Chaque jour, on était sûr de rencontrer au premier étage de l'hôtel du *Houblon d'or* une réunion choisie de gentilshommes et d'artistes. Dans cette vaste salle, que Florus appelait orgueilleusement son « académie », on faisait moins de bruit encore qu'au rez-de-chaussée; les jeunes gens s'y réunissaient moins pour boire d'excellente bière que pour reprendre leurs longues causeries sur l'art, les voyages, les livres, tandis que les gentilshommes quittaient leurs parties d'échecs et de dés pour écouter discuter les élèves de van Eyck que la faveur du prince faisait leurs égaux.

La proposition faite à ses amis par Hugo van Goës d'aller terminer la journée au *Houblon d'or* n'avait donc rien d'étrange. Après une minute d'indécision, Gaspar prit le bras de Hemling, et suivit avec ses compagnons la rue conduisant au logis du tavernier.

— Mes amis, dit Hugo van Goës, j'ai une proposition à vous faire : au lieu de monter à l'académie, descendons dans les caves de maître Florus; j'ai besoin, et Hemling est dans le même cas que moi, de saisir sur le vif des types étranges pour un tableau de crucifixion qui m'est commandé par le *Petit Serment*; nous enlèverons en quelques minutes des physionomies au moins étranges, et telles que ne nous en offrent jamais les modèles de profession.

— J'applaudis de tout mon cœur à cette idée, répondit Hemling; aussi bien, Florus fait trop mystère de son Enfer pour qu'il ne soit point curieux à voir.

— Tu consens, Gaspar? demanda van Goës.

— J'irai partout avec vous, répondit le jeune homme.

En ce moment, les artistes se trouvaient en face de la taverne, dont la rotondité de Florus interceptait complètement l'entrée.

Le tavernier se rangea pour laisser passer les jeunes gens, et leur désigna d'un geste respectueux l'escalier conduisant à l'académie.

— Aujourd'hui, murmura van Goës en s'approchant de Florus, nous ne désirons pas monter, nous voulons descendre.

— Descendre!... Savez-vous bien ce que vous dites, Messire?

— Parfaitement.

— Vous désirez voir l'Enfer?

— En ce monde, afin de l'éviter dans l'autre.

— C'est impossible! répondit Florus.

— Tu dis? demanda Hemling.

— Je dis impossible! et il faut une raison bien grave pour que je vous refuse quelque chose, mes jeunes maîtres.

— Donne-nous la raison de cette impossibilité.

— L'Enfer est loué!

— Pour une noce?

— Par un potier d'étain qui m'a payé!

— Rends l'argent.

— Je ne puis pas.

— Veux-tu le double?

— J'ai promis, dit Florus dont le visage trahissait une vive contrariété.

Trois ducats! cinq ducats! dix ducats!

La sueur mouillait les tempes du tavernier; il hésita, passa la main sur son front et dit d'une voix faible :

— Je ne ferai rien pour de l'or, maître van Goës, tous les ducats se ressemblent; donnez-moi un petit tableau et je vais arranger l'affaire...

— Nous aurons l'enfer pour ce soir?

— Non, la salle est louée, je vous l'ai déjà dit; seulement, il me reste un cabinet tout prêt, à côté...

— Mais ce n'est pas la même chose, malheureux! nous voulions nous mêler à tes habitués, les dessiner au besoin.

— Eh! Messires, vous dessinerez tout ce que vous voudrez! ce cabinet est muni de lucarnes; vous entendrez même ce qui se passera si vous êtes curieux d'écouter des chansons de noce ou des contes vantant ma bière, car une simple cloison sépare ce cabinet de la grande salle.

— Acceptons-nous? demanda Hugo.

— Acceptons! répondit Hemling.

— Cela me semble même préférable, dit Gaspar; de la sorte nous dominerons le spectacle, et nous ne serons vus de personne.

— A quelle heure arrivent tes potiers d'étain?

— Dans quelques minutes, répondit Florus en consultant l'horloge.

— Alors, conduis-nous.

— Pardon, répliqua le tavernier; ma rotondité s'oppose désormais de la façon la plus absolue à ce que je descende l'escalier de l'Enfer; Gudule, qui a le pied plus leste et passerait par le chas d'une aiguille, vous installera et vous servira...

— Eh bien, maître Florus, apportez-nous de la bière, dit van Goës, des crayons et du papier.

— Vous aurez tout cela dans un moment, Messires; le temps de vous envoyer la servante.

La petite Gudule, appelée par son maître, sourit aux clients de l'académie qui consentaient à descendre dans les caves infernales ; puis, ayant introduit les jeunes gens dans une salle étroite, elle leur laissa une petite lampe, des brocs pleins, des gobelets, et, s'élançant hors de son cabinet à l'appel de Florus, elle se trouva presque immédiatement debout sur la première marche de l'escalier au moment où le potier d'étain, qui avait loué la salle voûtée de la taverne, se faisait reconnaître à Florus et traversait le rez-de-chaussée.

A sa suite se pressaient des hommes vêtus de costumes divers, et dont l'allure affectait l'insouciance, tandis qu'une préoccupation visible se trahissait sur leurs visages.

Ils passaient par deux, par trois, s'engouffraient dans l'escalier, suivis bientôt par d'autres hommes murmurant le même mot de passe à l'oreille de Florus. La plupart avaient dépassé la quarantaine; mais un bon nombre d'adolescents se mêlaient à ces hommes, et ce n'étaient point ceux dont le regard indiquait le moins de résolution et de hardiesse.

— Ah çà! mais, se demandait Florus, il en viendra jusqu'à demain de ces *Camarades des lames de plomb*? car tel était le nom donné par le potier comme mot de passe. Heureusement, ajouta Florus, que, plus l'assemblée sera nombreuse, plus on boira, et plus on boira...

Gudule interrompit les réflexions de son maître.

— A propos, Maître, quelle boisson faut-il que je leur descende ? demanda-t-elle.

— Va t'en informer respectueusement.

La servante obéit à l'ordre de Florus et se rendit auprès des nouveaux venus.

— Que faudra-t-il servir à ces Messieurs ? s'informa-t-elle avec un sourire engageant.

— De l'eau, tout simplement, répondit celui qui semblait exercer sur l'assemblée une apparente autorité.

— Juste ciel ! De l'eau ! Et c'est pour boire de l'eau que vous venez à la taverne de maître Florus ! Vous voulez plaisanter ? ou donner la question ?

— Je ne plaisante jamais ! fit en roulant des yeux terribles l'homme qui avait pris la parole. Donne trois brocs d'eau pure, rien de plus, et mêle-toi de tes affaires, sans quoi...

Et il ponctua son exclamation d'une mimique peu rassurante.

Gudule ne se le fit pas dire deux fois, et d'un bond se trouva dans l'escalier.

Une minute après, elle était auprès de maître Florus.

— Il n'est pas nécessaire de parler respectueusement à des consommateurs pareils ! dit la petite servante ; ils m'ont demandé trois brocs d'eau claire.

— Des brocs d'eau ! Mais alors les misérables, ils veulent déshonorer ma maison !

Gudule reprit :

— Comme je sais prendre vos intérêts, j'ai fait observer au potier, comme vous l'appelez, que des brocs d'eau servent pour la torture des criminels et non pour désaltérer d'honnêtes Flamands ; j'ai cru que le potier allait m'étrangler, car il s'est élancé vers moi d'un air furieux... Sans demander autre chose, j'ai remonté l'escalier et me voilà... Que faut-il faire ?

— Descends les brocs d'eau... puisqu'ils ne désirent pas autre chose. Ils sont dans leur droit, après tout, ils ont loué la salle...

Seulement, on ne me reprendra plus à livrer un local sans savoir
à l'avance ce qu'on y consommera... Heureusement le tableau
d'Hugo van Goës compense cette déconvenue... Je serais curieux
d'apprendre, par exemple, ce que vont se dire *Les camarades des
lames de plomb*... Si je pouvais encore descendre l'escalier, ce serait facile... J'enverrai la petite Gudule...

Florus reprit en s'adressant à la servante :

— Eh bien, m'as-tu compris, Gudule ? Bière ou eau de puits,
ma fille, tu dois remplir ton office à l'égard des habitants de
l'Enfer.

— Excepté aujourd'hui, maître Florus, car après m'en avoir demandé la clef, ils ont fermé la porte en me signifiant que mes services leur étaient inutiles.

— Allons ! dit Florus, il est dit que ces potiers de tous les diables
ne me donneront pas même la satisfaction légitime de les griser
honnêtement !

— Par exemple, ajouta Gudule, j'ai royalement servi messire
van Goës et ses amis.

Tandis que Florus supputait la perte que lui faisait subir la so-
briété de ses hôtes, ceux-ci, se jugeant en sûreté après avoir enlevé
la clef de la porte placée au bas de l'escalier, se comptèrent du regard ; puis celui qui semblait leur chef se tourna vers eux, et dit à
voix basse :

— Par la grâce de Dieu et de Notre-Dame, nous pouvons reprendre nos chaperons blancs.

Les Chaperons blancs se précipitèrent à l'assaut. (*Voir page 69.*)

VII

LA CUEILLOTTE

Tandis qu'achevaient de se déployer dans la ville les magnifi-
cences variées des cortèges, tandis que les armes brillaient au so-

leil, que les guirlandes de fleurs embaumaient l'air et que les feuil-
lages, écrasés sous les pieds de la multitude, répandaient un parfum
plus fort et plus âpre; tandis que sonnaient les fanfares, que les
cloches se balançaient dans les campaniles, qu'on achevait de
représenter sur les échafauds les mystères, farces, pantomimes et
sotties, une scène d'un genre complètement religieux se passait à
l'église de Saint-Bavon et dans les rues avoisinantes.

Loin d'apporter obstacle à cette manifestation religieuse, l'entrée
du duc à Gand semblait lui donner une solennité nouvelle, et les
merveilles accumulées pour l'entrée du prince servaient à doubler
la fête célébrée à Gand, depuis l'an 633, en l'honneur du bienheureux saint Liévin.

Depuis cette époque, on n'avait jamais manqué de prendre, dans
l'église de Saint-Bavon, la châsse contenant les reliques du bienheureux Liévin, et de la porter processionnellement à Holtheim,
petit pays situé à trois lieues de Gand, et dans lequel Liévin reçut
la couronne du martyre.

La châsse devait passer toute la nuit dans ce bourg, et le lendemain seulement on la rapportait à l'église Saint-Bavon avec la
même dévotion et la même pompe.

Pendant les premières années, les plus grands personnages de la
ville se firent un devoir d'accompagner les saintes reliques; mais
lentement le zèle diminua, les bourgeois seuls formèrent le cortège
du vénérable martyr, et, il faut l'avouer, le jour de l'entrée du duc
de Bourgogne dans la ville de Gand, les gens de petit métier se
rappelèrent seuls qu'ils devaient accomplir ce pieux pèlerinage.

Si Hemling, qui en ce moment recueillait les éloges du prince,
Hugo qui s'entretenait d'Aléna avec Jacob Weyten, et Gaspar
Ofhuys qui rimait une hymne nouvelle, eussent vu s'éloigner de
l'église consacrée à saint Bavon la procession chargée d'escorter
les reliques à Holtheim et eussent regardé défiler, en grand silence
et recueillement, les mêmes hommes qu'ils avaient vus deux semaines auparavant dans les caves de Florus, ils se fussent, sans
nul doute, une fois de plus, repentis de leurs soupçons, ou bien ils

auraient cru que les Chaperons blancs avaient renié leurs dangereux desseins, car le groupe principal, serré autour de la châsse de
saint Liévin, se composait exclusivement des hommes qui se glori-
fiaient, durant certain soir, de conserver au cœur une haine féroce
contre le duc de Bourgogne.

Leurs visages étaient graves, leurs lèvres serrées ne répondaient
point aux prières liturgiques, et chaque fois que se croisaient leurs
regards, il en jaillissait un éclair sombre.

Mais les prêtres chantaient, l'encens fumait, la châsse de saint
Liévin étincelait au soleil, et dans la ville se terminait la fête pro-
fane, mettant doublement en joie le cœur du duc Charles et l'âme
innocente de sa fille. Une heure après, le festin commençait, et
jamais souverain ne put se croire adoré par son peuple comme le
fils de Philippe le Bon, à l'heure où la ville s'illuminait d'une façon
féérique, à l'heure où un immense cri d'amour, s'élevant du sein
d'une population enthousiaste, répétait :

— Vive Bourgogne!

A peine les reliques de saint Liévin se trouvaient-elles pieusement en sûreté sous la garde des prêtres de Holtheim et des moines
ayant suivi la procession, que la majeure partie des hommes de
métier ayant accompagné le cortège se dirigea vers une taverne en
renom dans le pays. Une chaleur étouffante excusait d'amples libations : la bière coula des cruches dans les gobelets, et tandis que
les buveurs choquaient les pots et les coupes, ils échangeaient hâ-
tivement et à voix basse des mots, toujours les mêmes, et qui ame-
naient sur leurs lèvres un étrange et mauvais sourire.

Le colossal forgeron n'avait pas été le dernier à se rendre chez
Florus, il marchait en tête d'un groupe formé d'une dizaine d'indi-
vidus.

Il guida ses amis sous une tente occupée par des gens de métiers
divers, et, s'asseyant parmi eux, il resta un moment sans rien
dire.

— Ne souhaite-t-on pas la bienvenue, au moins? demanda un
raboteur de planches en regardant Bertol avec un beau sourire.

— Ça dépend, répondit le forgeron; avant de parler, j'examine pour savoir si je m'adresse à des enfants ou si je parle à des hommes : à des hommes, je dirais des paroles graves; je raconterais des fabliaux à des enfants...

— Tonnerre! fit le raboteur de planches, que faut-il donc pour te prouver qu'on est un homme?

— Je te l'apprendrai tout à l'heure... Or çà vous tous, vous vous grisez de bière, de vin et de cervoise, en souvenir de la solennelle entrée de monseigneur de Bourgogne... Vous avez battu des mains devant son cortège, vous avez semé des fleurs sous les pieds de la haquenée de mademoiselle Marie ; et vous souriez béatement, vous congratulant dans votre faiblesse et vous absolvant l'un l'autre de votre lâcheté!

— Notre lâcheté! fit le raboteur de planches ; est-ce parce que tu atteins la taille de saint Christophe que tu te permets pareille insolence?... Nous lâches! et qu'avons-nous fait de plus que toi? Toi, Bertol, je t'ai vu suspendre des guirlandes aux arcs de triomphe... Toi, Rubbes, tu rougissais tes mains à force d'applaudir sur le passage de la princesse... Douot criait Noël! et Vive Bourgogne! à enrouer sa voix de coq... Nous avons fait comme tout le monde. Et puis, après?

— Après? reprit le forgeron; en effet, c'est tout... On a creusé de nouveau la douve qu'il fallut combler pour le duc Philippe, on a rebâti la muraille abattue pour lui permettre d'entrer dans Gand comme dans une ville conquise... Les braves qui sont morts pour la défense de vos libertés pourrissent dans les fossés des routes et engraissent les champs où l'on se battit pour le salut de la Flandre et le bonheur des Gantois... Vous avez hérité des morts; vous ne sentez plus sur votre joue la flétrissure du vasselage! Jeunes gens, vous acclamez le fils maudit par vos pères! Et les pères ne se souviennent plus que nos échevins, nos bourgmestres, nos bourgeois sont allés pieds nus le long des routes flamandes, en chemise et la corde au cou comme des criminels, déchauds et tête nue comme des mendiants...

La moitié des gens qui buvaient sous la tente fit entendre un sourd murmure.

— Nous étions vaincus, murmura l'un d'eux.

— Vaincus! répéta le forgeron; qui dit cela ment par la gorge!... Nous étions douze mille, eux cent mille; nous avions des bâtons, eux des lances et des glaives; quand ils se battaient sous l'armure, nous découvrions notre poitrine, et contre le rempart de nos corps ils lançaient les boulets de leurs bombardes et de leurs pierriers...

— C'est la guerre! répéta le raboteur; Liéven a raison, nous avons été vaincus.

— Écrasés, massacrés, puis pressurés, soit! jamais je n'avouerai que l'on nous eût repoussés à armes égales.

— Le résultat n'est-il pas le même? demanda Douot.

— Non! car la soif d'une revanche nous reste.

— Revanche impossible!

— Pourquoi? demanda le forgeron.

— Tu l'as dit toi-même, nous sommes avilis, humiliés...

— On se relève!

— Nous n'avons plus d'armes! fit le raboteur de planches.

— Il est des forgerons pour en fabriquer, et les bâtons poussent aux chênes.

— Nos pères avaient des haubergeons de fer, et nous avons fait le serment de n'en plus prendre.

— Il est d'autres métaux que le fer, camarades.

— Enfin, pour marcher il faut des chefs, pour guider une armée des drapeaux vénérés, pour mettre au cœur l'espoir de la victoire, la volonté de mourir pour une cause sacrée.

— La cause n'a pas changé, dit le forgeron, et, si vous le voulez, demain même je vous aurai rendu ce qui vous manque pour venger sur Charles les injures de Philippe.

— Vous voulez le tuer? s'écria le raboteur.

— Dieu nous en garde! fit Bertol; je demande seulement à racheter les humiliations du passé.

— Le pouvons-nous? demandèrent les hommes d'une voix troublée.

— Nous le pouvons! répondirent les amis du forgeron; nous le pouvons, j'en jure sur ma vie!... Le prince Charles, sûr de notre respect et de notre soumission, a dédaigné d'amener des soldats, il n'a qu'une garde de parade... l'accueil que nous lui avons fait l'entretient dans une sécurité trompeuse... Que nous nous levions en masse, et surpris, sans force, déconcerté par notre audace, vaincu d'avance par le sentiment de sa faiblesse, il cédera à toutes nos exigences et nous rendra le droit de porter le haubergeon comme nos pères, et de reprendre les bannières de nos métiers.

— Tu crois cela, Bertol? fit le raboteur.

— J'en suis sûr.

— Nos bannières sont loin! fit Liéven.

— Nos filles en ont brodé d'autres...

— Vous songez donc à cette heure depuis longtemps?

— Depuis le jour de l'entrée de Philippe, répondit le forgeron. Allons! retrouvez au cœur la vaillance d'autrefois : une heure de courage et nous sommes tous sauvés! Nous avons du fer et nous avons du plomb, les bannières nous attendent... que demain, au moment où rentrera la procession de saint Liévin, nous allions en marche et en armes demander au jeune duc la restitution de nos privilèges, elle se fera sur l'heure, sans lutte, sans bataille... et si par hasard il tentait de résister, nous prendrions pour otage sa fille Marie...

Toute la populace éparse dans la campagne connut en moins d'une heure la résolution des ouvriers et des apprentis; des hommes sages tentèrent vainement de représenter aux amis de Rubbes qu'ils commettaient grand crime et couraient imminent danger en engageant tant de gens paisibles dans un complot pouvant amener la mort de beaucoup et la ruine de la ville. Mais point ne furent entendus ces sages conseils, et peu s'en fallut que les prud'hommes qui voulaient épargner une grande faute aux Gantois ne fussent maltraités et même occis, dans la crainte qu'ils allassent répéter ce qui venait de se passer et rendissent impossible l'exécution du complot. Ils s'engagèrent par serment à ne rien révéler et, tout tremblants des menaces qui leur avaient été faites, ils résolurent de ne point rentrer à Gand le lendemain, afin d'éviter de se trouver au milieu de la lutte qui se pouvait engager, et de rester prudemment à Holtheim, demandant miséricorde à Dieu pour les aveuglés et les méchants.

Mais, hors ces quelques hommes sages, la masse des pèlerins de saint Liévin accepta avec enthousiasme de marcher sous les ordres de Rubbes et de Bertol ; durant la nuit, les femmes assemblèrent tous les morceaux d'étoffe qu'il fut possible de trouver et confectionnèrent des chaperons blancs. On passa le reste du temps à prendre des résolutions sommaires, à s'entendre sur les demandes que l'on adresserait au duc, à chercher un moyen qui parût presque naturel et tout à fait improvisé afin de ne point paraître avoir traîtreusement agi en accueillant si chaleureusement le duc de Bourgogne.

Les tonneaux de bière se vidèrent à la liberté des Flandres, aux héros populaires chargés de rendre à la ville de Gand son ancien prestige. Les jeunes gens improvisèrent des chants pleins d'ardeur prédisant une magnifique victoire ; puis, le matin se levant, apprentis, ouvriers, pèlerins ayant échangé leurs derniers mots d'ordre, régularisé l'émeute et tout préparé pour ce hardi coup de main, cachèrent de nouveau leurs chaperons blancs et leurs haubergeons de lames de plomb, et, entendant sonner les cloches de Holtheim, ils quittèrent les champs, les tavernes, les terres et les fourrés et coururent se ranger à côté de l'église au moment où les prêtres, soulevant la chàsse de saint Liévin, se disposaient à reprendre la route de Gand. Pendant le commencement du trajet, les meneurs de la conspiration parurent seulement occupés de la récitation des prières et du chant des psaumes ; mais, à mesure qu'ils approchaient de la ville, leur visage s'enfiévrait, leur taille se redressait, terrible ; et au lieu de s'appuyer paisiblement sur leurs bâtons, ils les brandissaient de temps à autre d'une façon menaçante.

A l'heure matinale où la procession de saint Liévin rentrait dans la ville, les habitants dormaient pour la plupart, lassés d'une journée de fête, les oreilles brisées par les sons des instruments de cuivre et les détonations des mortiers, les yeux brûlés par les illuminations des maisons et les embrasements des tonneaux de poix brûlant dans les carrefours, las d'admirer, de voir, d'entendre, ivres de cris, d'enthousiasme, de spectacle, de brandevin, de bière et de genièvre.

Dans plus d'une taverne, on entendait cependant encore des chœurs de buveurs que n'avait point terrassés la cervoise.

Des femmes et des enfants envahissaient l'église de Saint-Bavon, afin d'assister au retour de la procession de saint Liévin et d'entendre la première messe.

De loin les Gantois, qui aperçurent les premiers la chàsse de monseigneur saint Liévin annoncèrent cette nouvelle; les fenêtres se peuplèrent de curieux, et tandis que les horloges sonnaient l'heure du travail, les cloches annonçaient l'office.

Comme la procession défilait sur la place du Marché, les hommes qui portaient la chàsse du bienheureux martyr sur leurs épaules heurtèrent rudement un petit bâtiment de bois appelé la *Cueillotte*.

Ce bâtiment était habité par les employés du fisc, chargés de percevoir « les gabelles sur le bled afin de payer au duc de Bourgogne les dettes contractées par la ville quand, après deux années de guerre, elle fit la paix avec son souverain ».

Les gens des gabelles, sortant brusquement de la *Cueillotte*, interpellèrent les porteurs de la châsse de saint Liévin, et leur signifièrent de prendre le milieu de la place du Marché.

— Depuis quand monseigneur saint Liévin cède-t-il la place aux gens du fisc? demanda insolemment Rubbes en quittant les rangs de la procession. Faut-il tordre le corps de notre patron par respect pour la maison des gabelles? Saint Liévin veut passer, il passera!

Les employés malmenés, échauffés par la colère, tentèrent de repousser les porteurs; ceux-ci poussèrent un cri d'alarme; au même moment toutes les têtes se couvrirent de chaperons blancs ou de

lambeaux d'étoffe de cette couleur; la foule se précipita à l'assaut;
les bâtons se levèrent; les premières victimes furent les collecteurs
que l'on assomma sur la place avec les débris de la *Cueillotte*, qui
fut rapidement démolie et dont les débris se convertirent en armes
dans la main des forcenés.

Pendant ce temps, les prêtres, se jetant au milieu de la multitude, tentèrent de la rappeler à son devoir; mais ce fut inutile,
l'élan était donné : apprentis et ouvriers se répandaient par la ville
en criant aux armes; les meneurs entraînaient les nouveaux cons-
pirateurs dans des maisons servant depuis longtemps d'entrepôt
aux armes forgées en secret. On ajusta à la hâte sur les épaules et
les manches des pourpoints des lames de plomb assez flexibles pour
ne point gêner les mouvements des combattants; et tandis que le
populaire continuait à mener grand désordre sur les places, on vit
surgir des maisons basses des quartiers marchands des hommes à
figure menaçante, brandissant qui les outils de son métier, qui des
haches, des barres de fer et des bâtons.

— Prévenons le prince, disaient-ils; le prince sait que nous l'ai-
mions quand il était comte de Charolais; s'il nous rend nos privilèges, nous lui serons dévoués jusqu'à la mort.

Mais, tandis que les émeutiers juraient respect et amour à Charles
le Hardi, la population tout entière saluait de frénétiques applaudissements l'apparition des nouvelles bannières des corporations,
brodées en grand mystère et flottant au soleil sur la place du Marché. La vue de ces bannières pleurées depuis la paix de Gavre entraîna dans le mouvement révolutionnaire ceux des habitants qui
hésitaient encore. En un moment, toute la ville fut sous les armes ;
de chaque rue, de chaque faubourg, débouchèrent des soldats im-
provisés; si, par hasard, on apercevait un homme ne portant ni
armes ni chaperon blanc, on le malmenait de telle sorte et on le
menaçait si fort que, dans la crainte d'être mis à mort, il s'enrôlait
dans la troupe des révoltés, lesquels, sous prétexte d'exposer au
prince de justes et respectueuses demandes, se disposaient à donner
l'assaut à son palais.

Ils n'en eurent point le temps.

Dès que les premiers bruits de révolte se firent entendre, Hugo van Goës et ses amis, qui dans leur sollicitude pour le duc avaient refusé de prendre un repos dont ils avaient grand besoin, prévinrent le groupe de jeunes gens, littérateurs, artistes, qui s'étaient juré de former la garde sacrée de ce Charles qui de son temps fut appelé le Hardi, et que l'histoire surnomma le Téméraire.

Les émeutiers achevaient à peine de démolir la *Cueillotte* quand le groupe fidèle envahit les appartements du prince.

Celui-ci, subitement réveillé par les cris de la foule, se trouva debout au moment où Hugo, Hemling et Gaspar pénétraient dans son appartement.

— Que se passe-t-il? demanda vivement le duc; les cris de joie se changent-ils en vociférations d'hommes ivres?

— Oui, prince, répondit Hugo van Goës; mais vos soldats sont fidèles et nous sommes hardis.

— Croyez-vous donc, demanda le duc, que l'on oserait s'attaquer à moi?

— Prince, répondit Hugo, le duc Philippe a vaincu ces mêmes hommes.

Ah! s'écria Charles, faudrait-il donc recommencer la guerre avec mon peuple? Hier il m'acclamait, et ce matin...

— Monseigneur! dit un capitaine des archers en entrant précipitamment, le peuple s'arme, crie, se mutine; on se bat, on se tue, la *Cueillotte* est démolie, et sur la place du Marché le clergé, captif au milieu d'un groupe de furieux, n'a plus même la possibilité de reconduire à Saint-Bavon la châsse du martyr, patron de la ville... Les bannières des métiers flottent au vent, les émeutiers couverts de haubergeons de plomb et munis d'armes de toutes sortes vous demandent à grands cris, et répètent qu'ils se retireront si vous leur faites justice.

— Justice! répéta le duc; en quoi leur ai-je nui? Je pleure encore mon noble père, j'accours à Gand dans des intentions pacifiques, paternelles et clémentes pour ce peuple muable, toujours prêt à la

révolte, et dont la parole n'a pas plus de poids qu'une plume au
vent... Ah! ils me demandent! Eh bien! par saint Georges! je leur
ferai voir que mon épée ne redoute pas leurs bâtons, et que ce n'est
pas en vain qu'on m'appelle le Hardi!

Charles prit son épée, épée de parade plutôt que de combat, et,
après avoir ceint son front d'un casque léger, il allait s'élancer hors
de la chambre, quand Hugo van Goës et ses compagnons se précipitèrent vers lui.

— Ne sortez pas, prince! ne sortez pas! s'écrièrent-ils. Nous ne
vous quitterons d'un instant, et, s'il le faut, nous vous ferons un
bouclier de nos poitrines. Vous êtes notre maître, notre duc, et ce
n'est pas en vain que nous avons juré fidélité!

— Je sais, Hugo, je sais, Hemling, mon féal, que je puis compter sur vous; mais il ne sera pas dit que je laisserai égorger mes
archers et massacrer mes serviteurs sans prendre part à la bataille! Vive Dieu! nous verrons s'ils oseront assassiner leur souverain!

Puis se tournant vers l'ancien grand bailli de la ville :

— Un cheval! Gruthuse; je veux aller au milieu de ces révoltés
apprendre ce qu'ils veulent et leur montrer qui je suis.

— Ne le faites pas, monseigneur, pour l'amour du ciel! répondit
le bailli d'une voix épouvantée... Ces misérables, ivres de colère,
ne connaissent ni les lois du respect ni même celles de l'huma-
nité... Pour Dieu! prince, contenez un moment votre juste indignation, il y va de votre vie et de la nôtre... Avant une heure, nous
pouvons tous être massacrés... Usons de froideur et de sage conseil; avec ce peuple léger, vaniteux, inflammable, vous ferez ce que
vous voudrez avec des paroles de conciliation... Du temps du duc
votre père, vous avez vu ces gens autrement furieux et malinten-
tionnés... Envoyez-leur quelqu'un qui les interroge en votre nom
et leur promette que vous écouterez leurs plaintes.

— Non! fit Charles, ils croiraient que je les redoute!

— Vous voulez mourir, prince, dit Hugo van Goës, marchons!..

En ce moment, la porte de la chambre s'ouvrit, et la princesse

Marie, vêtue de sa longue robe de nuit traînante, ses cheveux blonds dénoués flottant sur les épaules, ses bras nus et frais sortant de larges manches, accourut en larmes se jeter dans les bras de son père :

— J'ai peur ! dit-elle, père, j'ai grand'peur ! Plus pour vous que pour moi encore... On crie des choses terribles dans la rue, sous mes fenêtres... Ces hommes vont-ils donc venir nous égorger?...

— Non, mignonne, non, ma chérie ; votre père est là, et vous ne devez rien craindre si son épée vous couvre...

— Mais vous vouliez sortir, père ! Oh ! restez ! restez ! je vous en conjure. Aléna, priez aussi monseigneur de ne pas m'abandonner...

—.Non, dit Aléna, Monseigneur le duc, qui ne craint rien pour lui, redoutera la fureur de ces mécréants pour sa fille... Vous êtes son plus cher trésor, noble fille d'Isabelle !...

— Chère petite reine, dit le duc en relevant Aléna qui, agenouillée sur le sol, serrait la princesse Marie sur sa poitrine, vous n'avez pas quitté ma fille?

— Je pouvais le faire durant les fêtes, monseigneur ; je ne le dois plus à l'heure du danger.

— Ceux que vous aimez sont inquiets, peut-être?

— Non, monseigneur, mon père garde une des portes du palais avec un groupe de bourgeois de Gand...

— Père, père, vous ne sortirez pas? demanda l'enfant en joignant ses petites mains.

— Non, répondit le prince, je suivrai le conseil de ce gentilhomme et je céderai à vos prières... Allez, Gruthuse, informez-vous de ce que veulent ces gens, et promettez en mon mon ce qui sera raisonnable.

Le bailli se rendit sur la place.

Un homme s'avança jusqu'à lui. (*Voir page* 76.)

VII

LA CUEILLOTTE (*suite*)

Le bailli était un homme prudent, tenu en grande estime par le peuple, et dont la parole exerçait d'ordinaire une grande influence.

LIVRAISON 7.   7

— Que signifie ceci, mes bons amis? demanda-t-il en pénétrant au milieu de groupes tumultueux environnant la châsse de saint Liévin; vous avez un nouveau prince plein de prudence, de générosité, enclin à la justice envers les petits, débonnaire à l'égard des malheureux... Vous l'avez reçu hier en grande joie et avec solennité, et ce matin, mutinés, l'arme au poing, vous mêlez son nom à des menaces! Cela n'est ni honorable ni équitable. Conduisez-vous avec plus de dignité et de sagesse... Que chacun rentre en sa maison et que la paix se rétablisse dans la ville.

Rubbes s'avança vers le grand bailli.

— Seigneur de Gruthuse, répondit-il, nous n'avons nulle mauvaise volonté contre le prince ni contre ses fidèles serviteurs... Il est en sûreté parmi nous, et s'il en était banni, nous serions prêts à mourir pour lui... Nous en voulons seulement à ces mauvais larrons qui nous dérobent, nous, et aussi monseigneur, qui l'endorment par des mensonges, qui sucent notre sang et se raillent de notre pauvreté!... C'est une vraie pitié! Il faut que le duc en fasse raison ou les châtie... Nous avons abattu la *Cueillotte*, nous ne voulons point qu'on la relève... Sinon, de brebis nous deviendrions des loups enragés!

La foule approuva bruyamment les paroles de son orateur. Gruthuse essaya de faire comprendre au peuple que sa conduite était irrévérencieuse et condamnable, qu'il était honteux et anti-chrétien de laisser de la sorte la châsse du saint martyr au milieu des débris de la maison des gabelles; les révoltés ne semblèrent nullement tenir compte des remontrances du gentilhomme, et ils répétèrent avec plus de force :

— Le duc! nous voulons parler au duc!

Le comte répondit qu'il allait rapporter au prince ce qu'il venait d'entendre.

Pendant que cette scène se passait sur la place du Marché, Charles de Bourgogne, prenant sa fille dans ses bras, la calmait doucement, tendrement, lui répétait qu'il ne courait aucun danger, et la priait à son tour de se montrer courageuse comme le doit être

une princesse. Puis s'adressant à Aléna, toute pâle, mais vaillante
et mille fois plus charmante encore que la veille, à cette heure où
un généreux courage brillait dans ses yeux :

— Gardez mon enfant, lui dit-il ; j'étais loin de penser hier,
quand la blanche reine de Rhétorique passait au milieu de sa pompe
glorieuse, qu'elle aurait à remplir ici une mission de protection et
de consolation... Marie, ajouta le prince, je désire que vous ren-
triez dans votre appartement avec Aléna... J'irai vous y rejoindre
bientôt...

La mignonne enfant n'osa désobéir ; elle jeta ses deux bras autour du cou du prince, laissa une dernière larme sur sa joue, puis
elle disparut avec Aléna derrière la tenture qu'un page venait de
laisser retomber.

Une minute après, le comte de Gruthuse rentrait.

— Eh bien ! demanda Charles, les mutins sont-ils rentrés dans le
devoir?

— Ils vous demandent à grands cris, monseigneur, et, tout en
affirmant leur respect et leur dévouement pour votre personne, ils
réclament insolemment la suppression des gabelles.

En entendant ces mots, les regards du duc de Bourgogne bril-
lèrent d'indignation ; il mordit ses lèvres jusqu'au sang, et la pensée de commencer son règne en cédant aux volontés d'une bande
d'émeutiers le fit entrer dans une colère d'autant plus grande qu'elle
était plus légitime.

— J'ai eu tort de vous écouter, Gruthuse, et de céder aux larmes
de ma fille ! A cheval, cette fois, et en avant !

Le prince descendit, sauta sur son cheval qu'il éperonna, et avant
même que ses archers et ses serviteurs les plus dévoués l'eussent
rejoint, il courut vers la place du Marché.

— Par saint Georges ! répétait-il, ils veulent me voir, ils me ver-
ront !

Hugo et ses amis rejoignirent le prince avant qu'il arrivât sur la
place, où se tenaient les meneurs de la révolte. Elle présentait un
coup d'œil étrange et terrifiant.

A genoux sur le pavé, les prêtres priaient à voix haute, suppliant le Seigneur d'empêcher l'effusion du sang et de changer le cœur des misérables prêts à l'assassinat comme au sacrilège.

Sur les décombres de la *Cueillotte* étaient étendus, dans le sauvage désordre d'une mort terrible, les receveurs des gabelles, premières et innocentes victimes des fureurs d'une foule aveugle.

La châsse de saint Liévin, posée sur le sol, faisait briller au soleil l'or et les pierreries dont elle était formée. Les enfants de chœur, effarés, se pressaient autour du porte-croix. De larges plaques de sang marquaient les aubes des prêtres qui relevaient les blessés et recueillaient les aveux des agonisants. Enfin les révoltés, l'œil arrogant, l'arme à l'épaule, la menace aux lèvres, surveillaient les abords de la place, en se demandant s'ils verraient déboucher les archers du prince ou si le duc se rendrait à une prière intimée comme un ordre. Ce fut le colossal forgeron qui, le premier, aperçut Charles de Bourgogne.

— Nous le tenons! fit-il, nous le tenons!

L'expression violente de son visage commentait assez son exclamation.

Charles le Hardi s'avançait avec lenteur au milieu d'une foule compacte. Il lui était très difficile de se frayer un chemin au milieu d'une place encombrée de malveillants et de curieux. Plus d'un émeutier se faisait du reste un méchant plaisir d'entraver la voie ; un homme même s'avança d'une façon si imprévue jusqu'à lui que celui-ci, furieux, arracha le bâton du bourgeois et lui en asséna un coup sur les épaules. Aux cris perçants du marchand répondirent les hurlements d'une foule furieuse, et si le prince ne s'était trouvé à cette heure entouré par ses défenseurs Hugo, Hemling et Gaspar, commandant à toute la jeunesse gantoise, il eût peut-être été massacré par cette même foule qui, une heure auparavant, affirmait au comte de Gruthuse que le prince ne devait rien redouter au milieu de son peuple.

Les artistes se groupèrent autour de Charles de Bourgogne et, la dague au poing, formèrent une masse si redoutable que, grâce à eux, il fut possible au prince de gagner la maison dont le balcon, formant une vaste saillie, servait d'ordinaire de tribune aux comtes de Flandre quand ils haranguaient le peuple.

Charles se trouvait en ce moment sous le coup d'une irritation terrible. Cependant, si grande était sa volonté d'empêcher l'effusion du sang, qu'il refréna les tumultueux mouvements de son cœur et parut sur le balcon calme et digne, comme s'il se fût trouvé au milieu d'une réunion de braves gens chargés de soutenir les intérêts du pays.

Dans la salle précédant la tribune se tenaient Hugo, ses amis, le comte de Gruthuse, les gentilshommes dévoués au duc. Mais il avait si expressément interdit que l'on amenât des archers, qu'il ne se trouvait pas un soldat de son armée.

Une nouvelle difficulté s'offrait au duc. Pendant sa jeunesse, il avait plus souvent habité le duché de Bourgogne que la Flandre, et il s'expliquait en flamand avec une certaine difficulté.

Il ne pouvait cependant parler une autre langue à la foule pressée sur la place du Marché! Et, certes, il fallut à cette heure au prince Charles un grand empire sur lui-même pour ne pas s'emporter contre les émeutiers, au lieu de leur adresser des paroles conciliantes. Les bannières factieuses flottaient sous ses yeux, et la châsse de saint Liévin gisait sur le sol, à côté des cadavres à peine refroidis et des prêtres murmurant des prières.

— Mes enfants, dit le prince, Dieu vous garde! Je suis votre duc, votre légitime seigneur! Je viens vous visiter, vous réjouir par ma présence... Je veux vous faire vivre en paix et en prospérité, et je vous prie de vous comporter doucement... Tout ce que je pourrai faire pour vous, mon honneur sauf, je le ferai et vous accorderai ce qui me sera possible!

Tandis qu'il prononçait ces mots d'une voix paisible, Charles serrait à la briser la rampe du balcon.

— Soyez le bienvenu! cria le peuple.

— Nous sommes vos enfants, nous vous remercions, ajoutèrent plusieurs voix.

— Monseigneur, fit le comte de Gruthuse, vous avez suffisamment prouvé votre magnanimité, permettez-moi d'ajouter en votre nom, et avec détail, toutes vos bonnes intentions à l'égard de ces gens.

— Ainsi faites! répondit Charles.

Le comte s'avança et prononça un discours sage et courtois, invitant à l'espérance et à la concorde. Il énuméra les bienfaits que le prince voulait répandre sur son fidèle peuple de Gand, et il pouvait croire la partie doublement gagnée par la magnanimité du prince et la sagesse de son propre discours, quand Rubbes, quittant brusquement sa place, s'élança dans la maison occupée par le duc, se fraya un passage à l'aide de son bâton et d'un long poignard, puis bondissant sur le balcon aux côtés mêmes du prince, et lui jetant pour ainsi dire au visage sa haine et ses paroles, il leva son poing que recouvrait un gantelet de fer, le laissa brutalement retomber sur la balustrade, puis se tournant vers Charles :

— Vous demandez ce que les Gantois veulent de vous : je vais vous le dire... Lors de la paix de Grave, si l'on peut appeler paix l'humiliation de tout un parti, sa déchéance et sa ruine, votre père nous enleva le libre gouvernement de notre ville, nos échevins, notre bourgmestre, gens qui étaient nôtres et qui nous aimaient... Il nous priva du droit de porter les bannières de nos corporations. Nous étions hommes, et il nous fit serfs... Puis, afin de solder les frais de la guerre, nous dûmes subir l'impôt de la gabelle sur le blé, et voir élever la maison de la *Cueillotte* que nous venons de détruire... Nous vous demandons d'abolir cet impôt, d'effacer les derniers souvenirs de cette guerre en nous laissant nos bannières, en nous permettant de porter les haubergeons de fer que l'on brisa sous nos yeux, en nous laissant libres sous votre autorité de comte de Flandre.

— Est-ce tout? demanda Charles le Hardi qui contenait avec peine son irritation.

Rubbes ne se méprit point à l'intonation qui trahissait chez le duc une sourde colère.

— Monseigneur, dit l'émeutier en regardant le prince en face, je vous ait fait connaître ce que veulent ces hommes; c'est à vous d'y pourvoir.

Le prince ne répondit pas un mot, et le forgeron, quittant le balcon, descendit l'escalier sur un signe du duc qui venait d'interdire de châtier son audace.

— Les mutins! les rebelles! murmura le prince, oser me dire de pareilles choses! M'intimer des ordres! à moi! à moi!

Puis se tournant vers le comte :

— Gruthuse, dit-il, point ne veux me départir de mon calme en face de pareilles gens; je craindrais d'éclater. Croient-ils me faire peur par leurs vouloirs plus tyranniques que ne le fut jamais l'autorité de mon père? Par saint Georges!

— Monseigneur, dit le comte, laissons les révoltés méditer les paroles que vous leur avez dites, et regagnons votre hôtel.

— Oui, dit le prince, mais il ne s'agit pas seulement de moi dans cette occasion, du respect dû au souverain; j'entends que l'on rende à Dieu, notre maître à tous, la révérence qui lui est due.

Et paraissant au balcon pour la seconde fois, Charles ajouta d'une voix forte :

— Et maintenant, bourgeois, retirez-vous paisiblement en vos logis, après avoir reconduit la châsse du glorieux saint Liévin jusqu'à l'église de Saint-Bavon.

Quelques-uns des hommes debout près des brancards essayèrent de soulever la chaîne, mais leurs voisins s'y opposèrent d'une manière formelle et, pendant plus d'un quart heure, on entendit autour des restes du martyr d'ignobles plaisanteries, des défis insolants :

— Saint Liévin partira!

— Saint Liévin ne partira pas!

Et les bâtons de tournoyer, les coups de pleuvoir.

Les prêtres, impuissants, priaient à genoux en essayant de protéger le reliquaire. On criait, on hurlait autour des clercs et sous les bannières, et l'on trouvait dans cette lutte sacrilège un moyen nouveau d'insulter le duc de Bourgogne.

— Partons! dit celui-ci à Gruthuse, partons!

Le prince sauta sur son cheval et, accompagné d'une sourde clameur, il traversa la place du Marché, tandis que les mutins agitaient
en signe de triomphe les bannières des corporations.

Toute la journée se passa à tenir conseil de part et d'autres.

Les hommes sages de la ville obtinrent enfin que la liberté fût
laissée aux prêtres de rentrer la châsse de saint Liévin, prétexte de
l'émeute. Puis ces mêmes bourgeois, traversant les divers quartiers de Gand, représentèrent aux Chaperons blancs quels troubles
et quels maux ils attiraient sur la ville. Mais leur tentative de conciliation resta sans résultat; les misérables, à la tête desquels se
trouvait Rubbes, persistèrent à rester sur pied. Les taverniers du
voisinage les approvisionnèrent de cervoise et de vin; on chassa
l'obscurité à l'aide de « poêles à feu », et durant toute la nuit on
entendit hurler l'émeute jusque dans les rues avoisinant le palais de
monseigneur de Bourgogne, autour duquel ses amis et ses gentilshommes faisaient bonne et vaillante garde.

Loin de calmer les émeutiers, les sages paroles du duc de Bourgogne avaient eu pour résultat de doubler leur audace. Si le prince,
cédant à la violence naturelle de son caractère et adoptant l'avis de
la plupart des gentilshommes, avait fait cerner la place du Marché
et livré les Chaperons blancs à ses archers, la peur aurait eu sans
doute raison des fauteurs de désordre; la mort de quelques-uns,
l'arrestation d'un grand nombre eussent répandu dans les masses
une salutaire terreur. Le souvenir des répressions de Philippe et
des humiliations qui les suivirent se fût représenté à la mémoire
des moins déraisonnables. Mais Charles entendit les réclamations
insolentes de Rubbes et le laissa quitter tranquillement la salle; il
retrouva debout les soixante-dix bannières de métiers; on démolit
la maison de la gabelle sur la place publique, et il interdit à ses
hommes d'armes de porter la main sur un seul révolté.

A partir de cette heure, les émeutiers se crurent tout possible. Du
reste, dans cette révolte des Gantois succédant à tant d'autres ré-

voltes, il faut séparer en deux camps bien distincts ceux qui réclament, crient et se battent.

Les uns, et généralement ce sont les meneurs, ne voient dans le
bouleversement de l'ordre que l'occasion de tirer un parti intéressé
d'une situation violente. Succès d'orgueil, bénéfice en numéraire
ou vengeance secrète, tout révolutionnaire est mû par l'un ou l'autre
de ces sentiments. Dans sa hâte de réussir, il réchauffe les esprits
des tièdes, enflamme la colère de ceux qu'il sait être secrètement
de son parti, met en avant l'intérêt général, le bien des pauvres,
l'allègement de la misère, la suppression d'impôts onéreux. Il fait
vibrer aux oreilles d'une jeunesse enthousiaste les mots de grandeur et de liberté. S'emparant tour à tour, puis à la fois, de toutes
les passions qu'il fait vibrer avec une brutale éloquence, il finit
par rallier un groupe d'hommes dont chacun à son tour se fait
l'apôtre des idées révolutionnaires. Beaucoup restent de bonne foi,
quelques-uns se regardent à l'avance comme des martyrs de leur
œuvre et se posent en illuminés. Mais en arrière des enthousiastes,
des entraînés, se pressent les hommes dont le désordre est l'élément et qui trouvent dans toute situation violente une occasion de
bénéfice illicite. Dans tout mouvement d'émeutiers, on est sûr de
rencontrer beaucoup de pillards. Rubbes avait compté, pour réussir
dans son plan, moins encore sur les maîtres, ouvriers et apprentis
des corporations humiliées par la suppression de leurs bannières,
que sur une bande de coquins fieffés, malandrins de la pire espèce,
pour qui la présence à Gand du prince Charles et des brillants seigneurs composant sa suite pouvait devenir une source de fortune
inespérée.

Dans son désir de faire honneur à la ville qu'il visitait, le duc
Charles avait déployé, le jour de son entrée, une pompe inouïe. Son
costume ruisselait de pierreries, l'aigrette de son chaperon était
d'un prix inestimable, et au milieu des feux de centaines de diamants brillait comme une étoile ce diamant merveilleux que l'on a
depuis nommé le *Sancy*. Son collier de l'ordre de la Toison d'or
était formé de pierres admirables, uniques ; ses armes eussent rendu

jaloux un prince musulman, et afin d'imiter le plus possible leur seigneur et maître, les grands de la cour et les princes formant le cortège du grand duc d'Occident étalaient également, sur les robes et pourpoints, des pierreries et des perles d'une immense valeur. Quant à la mignonne princesse Marie, les diamants dont on avait brodé son lourd surcot n'étaient point parvenus à rendre moins charmante sa grâce d'enfant naïve mêlée à une précoce dignité.

Or, tandis que Rubbes et les Chaperons blancs, groupés sur la place du Marché, près des bannières autour desquelles ils montaient la garde, s'entretenaient orgueilleusement de leurs succès et de leurs espérances, une bande de mécréants, retirée dans un des faubourgs de Gand, supputait la valeur des pierreries du duc de Bourgogne, de sa fille et de ses amis.

Depuis l'entrée du prince dans la ville, ils gardaient pour but unique la volonté de s'emparer de ces trésors.

La plupart de ces gens avaient fait partie des troupes indisciplinées, pillardes et incendiaires qui, sous le duc Philippe, dépouillaient les manoirs du baron de Laval et de tant d'autres, en enlevaient les objets de prix, puis les livraient aux flammes.

Dérober le trésor du duc de Bourgogne était pour eux une occasion unique. Ce crime se confondrait avec celui de la révolte et, comme ils avaient l'intention de fuir avec leur butin, la faute retomberait sur les émeutiers qui, surpris les armes à la main, porteraient seuls le poids d'une double condamnation.

Les pierreries tiennent si peu de place que chacun des hommes lancés dans cette entreprise pourrait aisément emporter une fortune dans le creux de sa main, passer en Allemagne ou en France et vivre tranquillement du profit d'une telle expédition.

Celui qui le premier eut la pensée de s'emparer du trésor du duc de Bourgogne aurait bien souhaité accaparer seul le bénéfice de l'entreprise; mais des complices devenaient indispensables, et plus on discutait la manière de la mener à bonne fin, plus on reconnaissait qu'un groupe d'hommes déterminés suffirait à peine, et qu'il fallait y adjoindre une centaine de mécréants chargés de se battre

contre les gens de la maison du duc, qui ne manqueraient pas de
défendre vaillamment la fortune de leur maître.

Jacques, ancien pillard d'églises et de châteaux du temps de la
première révolte des Gantois, et dont les épaules portaient la trace
des coups de fouet reçus de la main du bourreau, prit la direction de ce second complot, enrégimenta des hommes, leur assigna
leurs positions respectives, et se chargea, avec l'un de ses amis, de
pénétrer dans le palais. Il ne doutait point que les serviteurs du
prince fussent extrèmement las des fatigues et des angoisses de la
journée, et il pensa qu'il serait facile de les réduire au silence par
l'ivresse.

Jacques se rendit donc chez Florus qui, dans sa haine du bruit
et la terreur de se voir mêlé à quelque dangereuse affaire, aurait
bien voulu fermer sa taverne; mais les Chaperons blancs lui avaient
enjoint, sous les plus terribles menaces, de donner à boire toute la
nuit aux glorieux défenseurs des libertés gantoises, et le gros
Florus, assis ou plutôt vautré dans une chaise de bois, au fond de
sa taverne, suait à grosses gouttes en voyant la marche des événements, et en se demandant ce qu'il adviendrait de sa taverne, de
Florisel, sa jolie enfant, de la maison remplie de tableaux dus aux
jeunes artistes de Flandre, et de sa propre personne que l'on expo-
sait d'une notable façon.

— J'alimente la révolte! murmurait-il; il n'y a pas à dire, je
verse de l'huile sur le feu en abreuvant les émeutiers; ma cervoise
enflamme criminellement leur cerveau... Je serai compromis... on
me dénoncera, et le bourreau, les juges... le bourreau surtout...
Dieu sait si j'offre une ample surface à la torture !...

Quand ces pensées devenaient trop cruelles, Florus se soulevait
en chancelant et se dirigeait vers la porte de sortie dans le falla-
cieux espoir de s'enfuir, mais un groupe de nouveaux buveurs le repoussait à l'intérieur de la taverne. Des lames brillantes et de terribles bâtons menaçaient son abdomen et son crâne, et il renonçait,
pour une fois encore, à l'espérance d'échapper aux libérateurs
de la ville de Gand qui se grisaient d'enthousiasme aux dépens

de leur liberté future, et de cervoise aux dépens de Florus.

Enfin le malheureux eut, vers le milieu de la nuit, une lueur d'espérance. On ne peut pas crier sans cesse : « Vive la liberté! Vivent les corporations! » La voix finit par s'enrouer, et il n'est pas davantage possible de vider des brocs sans trêve; l'ivresse vient à bout de dompter les plus forts.

Un moment arriva où les consommateurs de Florus roulèrent sous les bancs et où les bruits de la rue se calmèrent un peu. Les flammes projetées par les tonnes de poix et les poêles à feu diminuaient d'intensité, le vide se fit dans certains quartiers; les moins ardents des émeutiers rentrèrent chez eux, comprenant bien qu'on ne se battrait pas durant la nuit et pensant, du reste, que la journée du lendemain suffirait pour les manifestations politiques.

Les malandrins s'assirent autour d'une table. (*Voir page* 87.)

VIII

UNE NUIT D'ANGOISSE

Florus, voyant le moment propice, avait résolu de risquer une
suprême tentative. Il se souleva avec lenteur et, profitant de l'ins-

tant où les derniers ivrognes entamaient une querelle, il se glissa
le long de la muraille et se trouva sur le seuil. Ses regards inter-
rogèrent la rue : elle paraissait presque déserte. Le tavernier
poussa un soupir de satisfaction et s'éloigna de toute la vitesse de
ses grosses et courtes jambes ; il allait atteindre l'angle de la rue,
quand il se trouva en face de Jacques et d'une bande de quinze malandrins qui le suivaient.

— Voilà notre homme ! s'écria Jacques.

Il s'empara d'un des bras du tavernier, tandis que Guildon sai-
sissait l'autre, et, lui faisant opérer une rapide volte-face, on l'o-
bligea à reprendre le chemin de sa maison.

— Que voulez-vous de moi ? demanda lamentablement Florus ;
vous avez donc résolu de me compromettre ?... Je suis un homme
paisible, moi ; d'ailleurs, je suis trop gras pour me battre...

— C'est vrai ! dit Jacques, les taverniers roulent.

— Où me menez-vous, par saint Bavon ?

— Chez toi !

— Je n'ai pas de bière !

— Tant pis ! fit Jacques, les gens de monseigneur ont soif.

— Les gens de monseigneur de Bourgogne ! s'écria Florus.

— Cela te surprend que des hommes d'armes soient altérés ?

— Non pas ! non pas ! au contraire ; mais qu'y puis-je ?

— Tu peux prouver ton amour et ton dévouement au prince en
abreuvant les arbalétriers. Ami Florus, tu l'as dit, tu es un
homme paisible ; rien qu'à te voir on le comprend... Si tu crains
d'avoir été compromis par les malandrins qui mettent ta cave à
sec depuis ce matin, rachète ta faute en offrant ta meilleure bière
aux arbalétriers du prince... Nous te donnons un conseil d'ami,
et nous venons te proposer de t'aider à rouler les tonnes.

— Jacques, répondit Florus, voici la première sage parole que
j'entends sortir de votre bouche... Venez ; il doit rester dans un caveau ma cervoise la meilleure, celle que boivent les riches bourgeois de Gand les jours de liesse. En un tour de main, vous les
aurez roulés dans la rue et vous les conduirez au palais.

— Non, Florus, vous aurez l'honneur de les escorter vous-même ; en digne hôtelier, vous verserez la bière que vous aurez tirée, et les soldats choqueront leurs gobelets au cri de : « Vive Bourgogne ! »

— Oui, vive Bourgogne ! répéta Florus.

— Pas si haut, malheureux ! Les Gantois, qui tiennent pour la révolution, t'accuseraient de sédition et te feraient payer cher ton patriotisme.

Les choses se passèrent comme l'indiquait Jacques ; on tira les tonnes du caveau, et les bandits, les roulant à travers les rues les moins encombrées, parvinrent sans grandes difficultés jusqu'au palais de Charles de Bourgogne. Si, par hasard, ils rencontraient une bande de révoltés, ils affirmaient destiner leur cervoise aux défenseurs de Gand. Au moment où les archers du prince se trouvèrent en vue, Jacques dit à Florus :

— Garde le mérite de ta générosité, informe les veilleurs de tes offres.

L'aspect de Florus éloignait si bien toute idée de conspiration, les soldats étaient si las de la fatigue de la journée et des alertes de la nuit, que l'idée de boire un gobelet de bière, et la pensée qu'un groupe de Gantois se joignait à eux pour la défense du prince les réjouit doublement.

On perça les tonnes, des cruches furent remplies, et les malandrins de Jacques s'assirent autour d'une table et versèrent d'amples rasades, tout en déplorant les événements de la journée. On but au rétablissement de l'ordre ; l'amour que les hommes d'armes portaient au duc de Bourgogne les poussa à multiplier les libations en son honneur, et plus les archers montraient d'enthousiasme, plus les gens de Jacques remplissaient les gobelets et vidaient les brocs.

Pendant que ceci se passait autour de l'hôtel, le duc Charles, qui n'avait pu se résoudre à chercher le sommeil, marchait à grands pas dans sa chambre. De temps à autre un messager entrait, donnant les nouvelles de ce qui se passait dans la ville.

— Les misérables ! fit Charles en apprenant que les chefs de la révolte veillaient auprès de leurs bannières, ils veulent m'imposer leur loi, mais je ne céderai jamais, jamais! Si je réussis à me contenir durant cette journée, je sens que je ne le pourrai pas demain. Demain j'abandonnerai cette ville tant de fois révoltée à la justice des magistrats et à l'épée de mes braves...

— Prince, dit le comte de Gruthuse, je comprends que vous ne fuyiez pas devant une multitude révoltée, mais il est des trésors que vous devriez mettre en sûreté. Votre fille...

— Me séparer de Marie!

— J'ignore jusqu'où ira l'audace de ces misérables, dit le bailli ; si vous possédez ce qui leur impose encore, le courage et la majesté du rang, leur nombre défie celui de vos soldats, et quand nous nous ferions tuer en luttant pour vous défendre, il n'est pas sûr que nous arriverions à vous sauver. Vous possédez ici des pierreries pour une somme considérable et bien capable de tenter la cupidité... puis qui sait si dans l'âme d'un misérable ne peut germer cette idée de s'emparer de la jeune princesse et de la garder comme otage, jusqu'à ce que l'on ait obtenu de vous les concessions que l'on demande?

— Que l'on m'impose, Gruthuse.

— Soit! Les évènements trompent votre attente, ayez le courage de les dominer.

— Pensez-vous que ces Gantois oseraient pénétrer ici comme des larrons!

— Ceux-là sont capables de tout qui se servirent hier de la chàsse de saint Liévin, d'une façon sacrilège, pour en faire le signal de la révolte.

Charles de Bourgogne marcha dans la chambre à pas précipités.

La justesse des réflexions du comte de Gruthuse ne pouvait manquer de le frapper; d'un autre côté, la pensée de se séparer de sa fille dans une circonstance semblable lui causait une mortelle inquiétude. Tant de pertes douloureuses s'étaient accumulées dans sa vie qu'il s'effrayait à l'idée d'une séparation même passagère.

Charles le Hardi, dont le courage resta toujours au-dessus du
danger, et dont l'aventureuse témérité fut le seul défaut, possédait
une âme capable des sentiments les plus tendres. A ses colères
succédaient des élans de tendresse, de repentir, qui lui auraient fait
pardonner des fautes autrement graves que les siennes. Tous les
historiens qui pénétrèrent dans l'intimité de sa vie, et en particulier
Philippe de Comines, ne tarissent pas sur les qualités de sensibilité
de ce jeune homme fougueux qui n'eût point reculé devant une
armée et que l'on désarmait par une larme. Sa douleur, lors de la
mort du duc Philippe, fut telle qu'elle émut profondément ses serviteurs. Depuis qu'il avait perdu son père et sa femme, la princesse
Marie restait l'objet unique de ses affections. Il devait à son amour
de protéger la jeune et charmante créature, mais il ne pouvait la
croire mieux en sûreté en aucun lieu que près de lui.

Et cependant l'émeute veillait; quelques heures encore, et le duc
devrait envoyer une réponse aux insolentes demandes qui lui
avaient été adressées par la foule en armes et traduites par les ar-
rogantes paroles de Rubbes.

— Prince, dit Hugo en s'avançant vers le duc, le temps se passe,
les mécréants complotent; ils connaissent la valeur de vos pierreries, permettez qu'Hemling et ses amis les mettent en sûreté. Vos
hommes les accompagneront; ils se coifferont, s'il le faut, du chaperon blanc pour ne point être inquiétés, et nous respirerons plus
à l'aise quand l'appât de ces trésors ne constituera pas pour vous
un nouveau danger.

— Soit! dit le duc; entendez-vous avec mes gentilshommes de
chambre, Hemling; merci, mon ami et féal, vous ne servez pas un
ingrat.

— Prince, répondit Hemling en mettant un genou en terre, vous
avez gardé l'honneur de mon père, ma destinée est de vous donner
ma vie... Ou je sauverai les pierreries de la maison de Bourgogne,
ou je périrai en les défendant.

— Ce n'est pas assez, prince, ajouta Hugo, laissez fuir la princesse sous la garde d'amis dévoués. Tant que nous aurons à trem-

bler pour cette précieuse vie, nous agirons avec moins de liberté !
Il est une jeune fille de Gand qui se chargera de conduire la princesse
à travers la ville ; le respect dont on entoure sa famille ne permet-
tra ni de la suspecter ni de l'arrêter. Son père, le bourgeois Weyten,
la mènera dans sa maison, et dès l'aube la princesse sera loin de
la ville...

— Ne la quitte pas, Hugo ! ne la quitte pas, et je consens à ce
sacrifice.

— Je jure, prince, de ne l'abandonner qu'après l'avoir remise
dans vos bras.

— Alors, agis suivant ta bravoure et ta prudence.

Le prince continua à marcher rapidement dans la salle. Chaque
nouvelle concession accordée à l'émeute faisait monter le rouge
de la honte à son énergique visage. On devinait, à l'expression de
son regard, qu'il ferait payer encore plus cher aux Gantois le déchirement de son cœur que les froissements de son orgueil.

Pendant ce temps, Hugo se faisait annoncer chez Aléna.

La jeune fille, assise dans un fauteuil, tenait sur ses genoux la
princesse endormie. Toutes deux étaient habillées de blanc, et la
grâce de ce groupe si pur et si beau arrêta un moment le jeune
artiste sur le seuil.

— Les instants sont comptés, dit-il à la fille de Jacob. Charles de
Bourgogne veut mettre en sûreté sa fille... J'ai répondu de votre
vaillance ; sous ma garde et celle de votre père, vous traverserez
toutes deux les quartiers les moins bruyants de la ville, et vous ga-
gnerez votre maison... Demain, à la première heure, nous trouverons le moyen de fuir la cité où se passeront peut-être des événements terribles... Je ne vous cache point que vous allez courir de
grands dangers.

— Ne serez-vous point là ? demanda Aléna avec un regard tranquille.

Une joie orgueilleuse remplit le cœur du jeune homme.

Aléna souleva la princesse Marie et l'éveilla par un baiser.

— Ma mignonne, lui dit-elle, monseigneur votre père désire que vous quittiez Gand cette nuit, à l'heure même ; ne lui voulez-vous point obéir?

— Certes, répondit l'enfant ; est-il prêt déjà?

— Il ne vous accompagnera point ; mais, comptant sur votre courage et sur votre confiance en nous, il espère que vous fuirez sous notre garde...

— Les Gantois veulent nous tuer? demanda Marie.

— Ils se révoltent, du moins.

— Et mon père reste?

— Oui, chère princesse.

— Alors pourquoi partirais-je? Si l'on nous prend la vie, que ce soit à la même heure.

— Mais je ne veux pas que tu meures! dit Charles le Hardi en entrant et en pressant avec violence sa fille sur sa poitrine. Obéis, Marie ; il s'agit de mon repos... Je te rejoindrai demain, au plus tard dans deux jours... Aléna Weyten, que tu as prise en grande amitié, va te conduire dans son logis... Demain les Gantois, rentrés dans le devoir, crieront encore : *Vive Bourgogne!*

De grosses larmes roulèrent dans les yeux de l'enfant, mais son jeune cœur ne se laissa pas abattre ; elle prit un air résolu, rendu plus touchant par la douleur qu'elle s'efforçait de surmonter, et se rapprochant du duc :

— Père, lui dit-elle, bénissez-moi.

Les deux mains du prince se posèrent sur son front :

— Que Dieu te garde, Marie!

Aléna, pendant ces minutes suprêmes, s'enveloppait d'une mante sombre ; elle souleva la princesse dans ses bras, ramena sur elle les plis de son vêtement noir, et, suivant Hugo van Goës, elle gagna la porte de la chambre.

Mais à peine se trouvait-elle sur le seuil qu'elle recula pleine de terreur : un groupe d'hommes portant le chaperon blanc des révoltés se trouvait dans le couloir.

— Perdues! perdues! fit Aléna en serrant Marie dans ses bras.

— Ne craignez rien, répondit Hemling, nous sommes les amis, les serviteurs du duc de Bourgogne ; nous sauvons ses pierreries comme vous sauvez sa fille !

— Je suis là ! ajouta van Goës.

Au même instant, Jacob Weyten vint se placer à côté de sa fille.

La petite troupe commença à descendre l'escalier. Il y régnait une lumière indécise, les pas s'étouffaient sur les tapis couvrant les marches ; on ne jugeait d'ailleurs ni nécessaire ni même prudent de mettre tous les serviteurs et tous les hommes de la garde du duc dans la confidence de ce qui se passait. Ils auraient pu croire la situation plus désespérée, céder à une panique, et se répandre en armes dans la ville. Pour s'accomplir en sûreté, la fuite de la princesse devait avoir lieu dans le plus grand mystère.

Hemling marchait le premier, suivi par des hommes portant dans des cassettes et des sacs de cuir les pierreries du prince.

Ensuite venaient Aléna, tenant Marie dans ses bras, Hugo van Goës et Jacob. Deux ou trois serviteurs, la tête entourée d'une draperie blanche, escortaient les deux groupes.

Tout à coup une douzaine d'hommes, également coiffés de chaperons blancs, parurent au bas de l'escalier dont ils enjambèrent plutôt qu'ils ne gravirent les marches.

— Est-ce fait, Jacques ? demanda une voix rude.

Hemling porta la main à la garde de son épée, Hugo et Jacob prirent leur poignard.

Ils ne devinaient pas encore ce qui se passait, mais ils commençaient à redouter quelque chose de terrible.

Celui qui avait demandé : « Est-ce fait, Jacques ? » entra brutalement au milieu du groupe formé par les serviteurs portant les sacs et les cassettes, et d'une main brutale il s'efforça de les leur arracher.

— Part égale ! dirent ses amis, part égale !

Mais, au même moment, la haute taille de Jacques se dressa dans le vestibule.

— Herbin, Bavau, Souquenille! appela-t-il

La même pensée traversa l'esprit de ces misérables.

— Trahison ! dirent-ils, trahison !

En une seconde, une scène terrible se passa dans la pénombre de l'escalier; les premiers Chaperons blancs, comprenant que les porteurs de cassettes n'appartenaient pas à leur bande, gravirent derrière eux l'escalier afin de leur couper la retraite, tandis qu'appelant Jacques et les siens à leur aide ils empêchaient la fuite des amis et des serviteurs du prince.

Aléna serra plus fort l'enfant sur sa poitrine.

— Courage ! dit-elle, courage !

Hemling, Hugo et leurs amis se précipitèrent en avant, tandis que, faisant volte-face, les serviteurs bien armés se battaient contre les Chaperons blancs fermant la sortie de l'escalier conduisant à l'appartement du duc. On ne criait pas, on n'appelait pas à l'aide. Ni les voleurs ni les amis du prince ne voulaient attirer l'attention ; les uns parce qu'ils redoutaient de voir paraître les archers, les autres parce qu'ils trouvaient inutile de répandre l'alarme avant le moment où il leur serait devenu impossible de se défendre.

Hugo van Goës, appuyé contre la rampe, frappait sans repos d'une arme à lame épaisse, fortement emmanchée ; les bandits, peu accoutumés à la bataille, lançaient des coups portant moins et faisant moins de victimes.

Cependant Jacob Weylen fut atteint au bras gauche, mais il abattit d'un coup de pommeau celui qui l'avait blessé. Hemling luttait avec acharnement, cinq Chaperons blancs gisaient sur les marches de l'escalier faisant face à la porte d'entrée ; de l'autre côté, et presque au niveau du palier, la bataille prenait un autre aspect. Un des brigands cessa de frapper les soldats du prince chargés d'escorter les pierreries, il venait de remarquer Aléna chargée d'un fardeau qu'elle paraissait cacher sous sa mante ; le misérable écarta violemment le vêtement de la jeune fille, et il reconnut la princesse Marie.

— L'otage ! dit-il, l'otage !

Et, avec un mouvement plein de brutale férocité, il s'efforça d'arracher l'enfant des bras d'Aléna.

Mais celle-ci, rassemblant ses forces, pressa plus fort la princesse sur son cœur, tandis qu'enlevant une lourde épingle de sa coiffure elle essayait de s'en faire une arme.

— A moi, Bourgogne ! à moi, van Goës! cria la fille de Jacob Weyten.

Le jeune homme se retourna en arrachant son épée d'une poitrine qu'il venait de trouer, et il se trouva si rapidement devant les jeunes filles qu'il s'était chargé de défendre, que la main du misérable qui tenait déjà la blonde chevelure de la princesse tomba sous le tranchant du glaive. A partir de cette minute, sa colère ne connut plus de bornes ; il se battait avec rage, avec furie; s'apercevant que Jacob faiblissait, il se jeta derrière lui d'un geste rapide et le couvrit de son épée fulgurante, jusqu'au moment où le dernier des Chaperons blancs, le misérable Jacques, tomba sur les marches, la tête fendue jusqu'aux mâchoires.

Hemling et quatre domestiques du duc restaient sains et saufs.

— Les pierreries sont-elles là? demanda vivement le peintre.

— Oui, Messire.

— Partons, ajouta Hemling ; cet incident ne doit pas nous empêcher de remplir notre mission.

Au moment où les jeunes gens descendaient dans la rue, les hommes de garde s'éveillèrent d'un lourd sommeil, Hemling se fit reconnaître et passa. Les Chaperons blancs qu'ils portaient empêchèrent qu'on s'enquît de ce qu'ils voulaient faire, et une heure plus tard ils se trouvaient hors de la ville.

Tandis que l'on mettait en sûreté les pierreries du prince, Hugo van Goës, ayant fait condamner la porte placée en face de l'escalier, prit une des lampes garnissant l'escalier, reconnut parmi les blessés deux serviteurs du duc qu'il souleva et adossa contre la muraille ; puis, soutenant Aléna défaillante, il remonta avec elle et Jacob Weyten l'escalier conduisant aux appartements du duc de Bour-

gogne. La lutte s'était passée si rapidement et d'une façon tellement silencieuse que celui-ci n'avait rien entendu.

Aléna se précipita dans la chambre du prince, et plaçant Marie
entre les bras de son père :

— Dieu l'a sauvée ! dit-elle.

— Dieu et toi, murmura l'enfant.

— Que vient-il de se passer, par saint Georges ! demanda le
prince de Bourgogne... Votre robe est couverte de sang, Aléna,
vous êtes blessée... le front de votre père est traversé d'une en-
taille... Hugo, parlez, parlez !

— Prince, répondit le jeune homme, au moment où nous venions
d'atteindre l'escalier, une bande de Chaperons blancs nous a enve-
loppés... Ils en voulaient à la fois à vos pierreries et à votre fille...
Plusieurs sont morts, on peut interroger les autres... La princesse,
qui s'est montrée brave comme son noble père, est sauvée ; nous
n'avons plus qu'à rendre grâce à Dieu.

Les soldats de la salle d'armes furent appelés, on transporta les
mécréants dans une pièce située sous l'escalier, et le duc lui-même
les interrogea. Jacques, qui respirait encore, avoua le complot formé
pour s'emparer des diamants, et raconta en peu de mots comment
Florus s'était trouvé mêlé au complot. Le malheureux, plus mort
que vif, fut confronté avec le misérable.

— Par mon baptême, disait-il, je suis innocent ! J'ai vidé ma cave
au nom du prince ! J'ai cru faire acte de patriotisme ; grâce, Monseigneur !... J'ai une fille que j'adore... Je suis un paisible tavernier estimé de tous, j'en appelle à messires van Goës et Hemling,
mes clients.

Ceux-ci répondirent de l'honnêteté des intentions de Florus, et
le malheureux en fut quitte pour la peur ; mais elle bouleversa tellement ses idées et l'économie générale de sa santé florissante, que
jamais il ne retrouva les couleurs rubicondes de ses joues ; son
visage devint blafard et ses cheveux blanchirent dans une
nuit.

Charles voulut que son médecin pansât immédiatement Jacob

Weyten et van Goës. L'artiste, loin de se plaindre, semblait heureux d'avoir prouvé au duc un dévouement dont celui-ci n'avait jamais douté. Aléna entoura de bandelettes de toile le front de son père; puis, revenant vers la princesse Marie, elle l'endormit de nouveau dans ses bras.

— Van Goës, dit le duc à l'artiste, je quitterai Gand dans deux jours.

— Et vous résisterez aux demandes insolentes qui vous sont faites?

— J'y céderai, au contraire... On a voulu me voler cette nuit, on m'assassinerait demain... Mais soyez tranquille, Hugo, les bannières que je vais rendre aux Gantois me seront par eux rapportées à Bruxelles.

Le reste de la nuit se passa dans une anxiété cruelle; les serviteurs firent disparaître les traces de la lutte nocturne, et dès le matin le comte de Gruthuse fut chargé de choisir dans la ville quelques bourgeois notables chargés par le peuple de plaider ses intérêts devant le conseil de Bourgogne. Les délibérations furent longues. L'orgueil du prince se cabrait à chaque concession arrachée à son orgueil; mais il se trouvait dans les mains des Gantois avec une mince troupe de parade, tandis que le peuple, le dos couvert de ses haubergeons de plomb, embâtonné comme au temps du duc Philippe, veillait sur la place autour des insolentes bannières des métiers et se massait de nouveau grouillante et formidable dans toutes les rues de la ville.

Le troisième jour, le duc revêtit de sa signature les demandes qui lui avaient été si durement présentées sur la place du Marché. Il promit de châtier les gouverneurs de Gand accusés de dureté par les mutins; la *Cueillotte* fut abolie; les Gantois restèrent autorisés à élire leurs magistrats, à rouvrir leurs portes condamnées après les affaires d'Oudenarde, à rétablir leurs barrières, à rentrer dans leurs châtellenies, à garder leur soixante-douze bannières, à porter des chaperons blancs, en un mot, à jouir de nouveau des privilèges abolis par la paix de Gavre.

Mon père, dit-elle en se penchant sur Jacob. (*Voir page* 107.)

IX

LES ADIEUX

La journée du lendemain se leva sombre et morne. De gros nuages couvraient le ciel, et les meneurs de la veille paraissaient

presque effrayés de leur victoire. L'épisode de Jacques les terrifia.
Les ouvriers et les apprentis de Gand, avides de libertés et de
privilèges, n'avaient pas songé qu'en enrôlant tous ceux qui
consentaient à se battre, ils raccolaient forcément des malandrins
et des filous. Les compagnons de Jacques s'étaient introduits
clandestinement dans la maison du duc, en profitant de l'ivresse
et de la somnolence des gardes ; ils y venaient pour voler les
pierreries, ainsi qu'il résultait de leurs propres aveux, et, fait
autrement grave, afin de s'emparer, en qualité d'otage, de la jeune
princesse Marie. Ces méfaits avaient été commis pendant les
négociations, et ces hardis voleurs portaient le chaperon blanc des
gens de métier.

La honte du crime retombait donc sur la population tout entière.
Elle essaya de se laver d'une accusation de complicité en demandant
le châtiment des coupables. La mort avait fait justice d'une grande
partie, les autres agonisaient. Le prince eut la charité de leur
envoyer son chapelain. Il se trouvait trop heureux de tenir sa fille
dans ses bras pour tirer une suprême vengeance de ceux qui avaient
tenté de lui ravir son bien le plus précieux. Peut-être entrait-il
aussi beaucoup de dédain dans son apparente indulgence. En
refusant de punir les voleurs, il semblait regarder les scènes de la
nuit comme la conséquence directe des trois jours de révolte dont
sa mémoire de prince ne pouvait perdre le souvenir.

Il signa le traité insolent préparé par les Gantois, et il se disposa
à quitter une ville dans laquelle il ne devait jamais revenir, et que
sa fille elle-même garda en aversion pendant le reste de sa courte
vie.

Charles de Bourgogne, en ayant fini avec les révoltés, ordonna
de presser son départ ; il lui semblait que la mutinerie de Gand
était le signal d'un soulèvement général des Flandres.

Auprès de lui se trouvaient à la dernière heure non seulement
les gentilshommes de sa cour, mais encore les artistes de Bruges
qui le précédèrent à Gand, afin de donner à son entrée une
solennité artistique. Hemling avait revêtu son costume de voyage,

Gaspard Ofhuys se tenait à ses côtés. Hugo van Goës restait un peu
à l'écart, suivant des yeux la princesse Marie dont les bras cares-
sants se nouaient autour du cou de la ravissante fille qui l'avait
sauvée.

— Ne me quittez pas, lui disait-elle, je vous dois la vie et veux
payer ma dette... O reine de Rhétorique, me verrez-vous pleurer
sans essuyer mes yeux?... Vous vous seriez fait tuer cette nuit
pour moi : avez-vous déjà cessé de m'aimer?

— Je vous en supplie, princesse mignonne, ne dites point de si
cruelles paroles... laissez-moi remplir un devoir sacré... Si la
Providence m'épargna, mon père fut atteint... Un voyage dans
l'état où il se trouve pourrait avoir des suites mortelles... Com-
prenez, en mettant la main sur votre cœur, combien je dois chérir
mon père...

— Oui, je comprends! répondit Marie en essuyant ses larmes ;
promettez-moi seulement de venir à la cour de mon père, quand
messire Jacob sera guéri...

— Je vous en prie à mon tour, ajouta le duc avec courtoisie ;
sans doute, ma fille est entourée de dames preudes et nobles, mais
aucune ne lui est aussi chère que vous... Je vous dois ma fille, je
ne m'acquitterai jamais !

Le duc se trouvait, en ce moment, avoir à portée de sa main un
coffret rempli de bijoux d'un prix inestimable. Il choisit un collier
de perles et dit à la petite princesse :

— Marie, agrafe ce collier au cou de ton amie; les raisons
qu'elle nous oppose sont celles d'une fille dévouée; si je regrette
qu'elle ne nous accompagne point, je ne perds pas l'espérance de
la revoir.

Puis s'approchant de Jacob Weyten :

— Vous avez été blessé à mon service, lui dit-il, et je ne l'oublie-
rai point... Guérissez-vous en grande hâte et ramenez-moi ma
blanche reine de Rhétorique.

Le blessé baisa respectueusement la main du prince.

D'un dernier regard, le duc de Bourgogne parut passer la revue de ses amis.

Les chevaux piaffaient devant le palais, l'heure du départ était sonnée.

Un seul homme, parmi les amis et les compagnons du prince, ne semblait pas comprendre qu'il fallait s'éloigner de Gand. Hugo, appuyé contre une croisée, gardait son regard fixé sur la fille de Jacob ; l'admiration unie à une tendresse profonde se mêlait dans l'expression de son visage ; on devinait qu'il tentait de graver en lui cet angélique visage afin de le retrouver à jamais dans son souvenir.

— Hugo, lui dit le prince, nous partons !

L'artiste parut se réveiller d'un songe.

— Prince, dit-il d'une voix tremblante, octroyez-moi congé...

— Vous me quittez? demanda le duc. Ai-je donc contristé mon peintre et mon ami?... Après votre conduite de la nuit précédente, je me croyais doublement engagé envers vous, et je vous pensais mieux lié à moi...

— Prince, si vous saviez... commença Hugo.

— Puis-je quelque chose pour vous?

— Non, rien en ce moment, monseigneur, hors m'accorder ce que je vous demande.

— Prenez garde, Hugo van Goës! je suis jaloux de mes amis... Il me semble que vous me devez tous les chefs-d'œuvre que votre habile main doit produire... Me voici tout inquiet à la pensée de voir que vous allez travailler à Gand pour un grand monastère ou une sainte église...

— Prince, répondit Hugo d'une voix tremblante, je ne veux faire à Gand qu'une seule œuvre.

— Laquelle?

— Le portrait de cette enfant.

Le regard de van Goës désigna la reine de Rhétorique.

— Je comprends, répondit le prince.

— Et vous me pardonnez?

— Bien mieux, je vous approuve.

— Une telle bonté!...

— Oh! je mets une restriction à mon approbation, et une condition à mon congé!...

— Faites-les-moi donc connaître, prince.

— C'est que, plus tard, vous ramènerez Aléna à ma cour de
Bruxelles.

— Oh! vous êtes le meilleur des maîtres! dit van Goës en pliant
le genou.

— Hemling, et vous, Ofhuys, dites pour un temps adieu à Hugo
van Goës : il reste à Gand pour chose d'importance, et il nous
rejoindra à Bruxelles.

— D'ici là, fit Hemling, je tâcherai de peindre de bonnes toiles
et de donner, si l'occasion s'en présente, de vaillants coups d'épée.

— Et toi? demanda Hugo à Gaspar.

— Moi... répondit Ofhuys, j'aurai peut-être changé de maître.

— Que veux-tu dire? demanda Hugo; songerais-tu à quitter la
Flandre!

— Non, répondit doucement Gaspar; où que je sois, d'ailleurs,
tu sauras me trouver.

Les jeunes gens s'étreignirent chaleureusement les mains; une
dernière fois le duc Charles rappela à van Goës la promesse de le
venir rejoindre à Bruxelles, puis les seigneurs descendirent l'escalier sur le tapis duquel se voyaient encore les traces du sang répandu
par les malandrins de Jacques. Le duc monta lestement à cheval.

Aux fenêtres de toutes les maisons il aperçut, comme le jour de
son entrée, des têtes curieuses; dans les rues il fendit une foule
nombreuse de gens de toute sorte, et sur la grande place, qu'il
traversa, il entendit crier : « Vive Bourgogne! » par des gens de
métier agitant leurs bannières reconquises. Mais l'accent des Gantois
s'imprégnait d'une sorte de raillerie, et leurs acclamations semblaient autant d'insultes à Charles le Téméraire.

Après être entré en triomphateur dans la ville, il la quittait en
vaincu.

Le peuple agitait frénétiquement en l'air des chaperons blancs, et les souhaits de bonheur répétés au prince lui paraissaient une sanglante ironie.

— Messieurs les Gantois, fit-il en se haussant sur ses étriers au moment de franchir la porte de la ville s'ouvrant du côté de Bruxelles, nous nous reverrons !

Et les gentilshommes agitèrent leurs glaives en manière d'adieu ou de menace et répétèrent :

— Sans adieu, messieurs les Gantois !

Jacob Weyten, Aléna et Hugo demeurèrent sur le seuil du palais jusqu'à ce qu'eût disparu l'escorte du prince. Le vieillard, qui s'était fait un devoir de dissimuler la violence de ses souffrances, les nerfs détendus tout à coup tomba subitement dans une faiblesse si grande qu'il fallut se procurer une litière pour le transporter dans sa maison.

Aléna s'était aussitôt empressée autour de son père et le soignait sans bruit, frottant ses tempes et la paume de ses mains avec des liqueurs aromatiques. Elle laissa Hugo van Goës s'occuper du transport du blessé, et quand les hommes chargés de soutenir la litière sur leurs épaules se furent mis en marche, la jeune fille, brisée par l'émotion, s'appuya sur le bras qu'Hugo lui tendait, et prit avec lui le chemin de sa demeure.

Il y régnait une profonde angoisse. Les domestiques n'ignoraient point les faits graves qui venaient de se passer dans la ville, et, ne voyant pas reparaître leurs maîtres, ils se demandaient anxieusement si quelque malheur n'était pas arrivé à Jacob Weyten et à sa fille.

Dans leur trouble, les serviteurs avaient négligé les fleurs du jardin et les oiseaux dont Aléna prenait un soin affectueux. Les plantes penchaient languissamment leur tête vers le sol, et les pigeons, les passereaux volaient par grandes bandes inquiètes, battant de l'aile, les plumes hérissées, ne trouvant plus que des cris de famine au lieu de leurs roucoulements tendres et de leurs joyeuses chansons.

A l'aspect du maître, les domestiques poussèrent une clameur lamentable.

Hugo leur recommanda impérieusement le silence, envoya l'un d'eux chercher le mire; aida les autres à transporter Jacob sur son lit, lava sa blessure d'eau aromatisée, voila les clartés vives de la fenêtre, puis il approcha des lèvres de Jacob un breuvage fortifiant.

Debout au pied du lit, Aléna regardait Hugo, et semblait prendre une consolation intime dans les soins que l'artiste prodiguait au vieillard avec le dévouement d'un fils et l'habileté d'un praticien. On eût dit que, pour un moment, la jeune fille cédait ses droits à van Goës, et qu'en lui permettant de remplir ainsi une mission de bonté et de dévouement, elle le payait des preuves d'affection et de courage qu'il lui avait déjà prodiguées.

En arrivant près du blessé et après une rapide inspection, le mire, qu'un domestique venait d'amener, déclara que l'état de Jacob ne présentait aucun danger. Aléna pouvait demeurer certaine qu'avant trois semaines la blessure serait fermée, et que Jacob Weyten ne trouverait plus dans la cicatrice qui lui partagerait le front qu'un souvenir glorieux de son courage et de sa fidélité à une noble cause.

En entendant ces consolantes paroles, Hugo devint pâle de joie, et Aléna, tombant à genoux, appuya ses lèvres sur la main de son père.

Van Goës ne pouvait plus être utile, il comprit que sa présence pouvait devenir indiscrète et qu'il devait s'éloigner : son cœur battait à se rompre, ses yeux se voilaient; le sommeil réparateur qui venait de s'emparer de Jacob ne lui permit point de lui dire adieu ; ce fut seulement à Aléna qu'il exprima le vœu sincère de voir le vieillard promptement rétabli.

— Priez pour lui, dit Aléna d'une voix douce en reconduisant le jeune artiste.

— Croyez-le, je n'y manquerai point, Aléna, répondit Hugo avec une étrange chaleur; que la bénédiction du ciel reste sur cette maison!

Et, n'ayant pas le courage d'en dire plus, Hugo van Goës quitta la chambre du malade.

Comme il traversait le jardin, un des passereaux familiers vint se poser sur son épaule en battant de l'aile. Hugo le caressa doucement et le laissa s'envoler à regret.

Le lendemain, à la première heure, il se rendit à l'église de Saint-Bavon. Il avait promis à Aléna de prier, il avait hâte de tenir sa promesse et il pria... Demanda-t-il seulement la bénédiction et la joie pour les êtres chers habitant la maison du fleuve? Supplia-t-il le Seigneur de répandre sur lui-même une part de ces grâces et de ces joies dont il implorait l'effusion? Ce fut le secret de son âme épanchée dans le sein du Seigneur, le confident divin, l'ami des heures d'épreuve.

Comme il se relevait et se disposait à quitter la chapelle, il aperçut, se dégageant de la pénombre, Aléna entièrement voilée de blanc et dont le visage disparaissait sous les plis d'une ample faille.

— Allons, pensa Hugo, nous avons ensemble parlé à Dieu, et il daignera nous exaucer à la même heure.

Van Goës pensa qu'il demanderait à la jeune fille des nouvelles de son père, aussitôt qu'elle aurait franchi le seuil de l'église; mais, en ce moment, les longues files de pauvres attendant près de la maison de Dieu la charité des fidèles quittèrent leurs places en voyant paraître Aléna et la suivirent le long des rues, en psalmodiant à mi-voix.

Les malheureux allaient auprès de la jeune fille chercher leur aumône accoutumée.

Chaque jour les humbles clients accompagnaient de la sorte Aléna, lui faisant cortège de la cathédrale à sa propre demeure. Van Goës marchait le dernier, comme songeur; avait-il donc, lui aussi, une aumône à implorer de la belle et chaste fille que l'on appelait la perle de Gand?

Lorsque Aléna fut rentrée dans l'habitation, la porte en resta toute grande ouverte; les mendiants, paisiblement rangés dans la cour, attendaient le retour de la jeune fille un moment disparue. Quand elle revint, trois servantes l'accompagnaient : l'une portait une corbeille remplie de pains, l'autre un panier renfermant des habits et des coupons d'étoffe, la dernière tenait à la main une bourse pesante.

Aléna passa devant chaque femme, lui tendit un pain blanc, mit dans sa main une pièce d'argent, et ajouta souvent le don d'un vêtement. Elle ne paraissait point toucher avec répugnance ces mains rudes et noires; elle ne se reculait point d'une façon dédaigneuse quand les haillons froissaient sa robe de laine blanche : elle passait souriante, une sainte pitié dans les yeux, une encourageante parole aux lèvres.

Pendant ce temps, Hugo la contemplait, le regard humide, la main tendue.

— Faites-moi l'aumône, Aléna, murmurait-il, faites-moi l'aumône !

Puis tout à coup, tremblant d'être aperçu par la fille de Jacob Weyten, le jeune homme quitta précipitamment le seuil de sa maison en répétant :

— Soyez bénie, jeune fille, soyez bénie !

Le lendemain, Hugo van Goës se mit à l'œuvre. Jamais le grand artiste ne travailla avec autant d'ardeur. La composition indiquée par Jacob Weyten s'esquissa d'inspiration, sans hésitation, sans retouches, d'un seul jet. La main suivait l'impulsion de la pensée. Tandis qu'il posait à grands traits ses personnages et les groupait dans des attitudes variées, l'artiste s'entretenait avec Jacob, tantôt de la cour du prince Philippe le Bon au milieu de laquelle son talent avait grandi, tantôt de la famille des van Eyck au sein de laquelle se développa son génie. Aléna surtout ramenait souvent l'entretien sur cette Margaret dont le souvenir vivait dans la mémoire d'Hugo, comme si dans son chemin il avait rencontré un ange visible. Parfois la voix de la jeune fille s'imprégnait d'une grande douceur en prononçant le nom de l'angélique créature qui aida sans nul doute ses frères à peindre leur composition d'un grand

nombre d'instruments inconnus dont le peintre avait rêvé la forme
fantastique.

Le rayon lumineux, passant à travers les nuages d'or du paradis
idéal reproduit sur la verrière, tombait en grande nappe sur une
jeune fille vêtue de blanc, assise devant un petit orgue portatif
posé sur un socle délicatement sculpté. L'orgue lui-même était
une véritable merveille : son buffet aux tons mordorés représentait
une église avec ses tours élancées et son profond portail, et le
facteur, qui l'avait créé sur le meilleur des modèles, y avait placé
un double rang de tuyaux, un clavier de douze touches, quatre registres et un soufflet. C'était à cette époque le dernier mot du
perfectionnement.

Aléna, assise devant ce magnifique instrument, faisait jouer le
soufflet de la main gauche, tandis que sa main droite, effleurant
les touches, en tirait des accords doux et purs, accompagnant une
voix d'une sonorité ravissante. Placée ainsi près de cette fenêtre
dont les clartés l'enveloppaient, Aléna semblait un nouvel ange exé-
cutant sa partie dans un concert céleste. De loin, l'illusion était complète. La jeune fille chantait une hymne pieuse, car à cette époque la
musique paraissait encore exclusivement réservée aux pompes de
l'Église. Sa voix, fraîche et pleine, s'élevait et flottait dans l'air; la
douceur des paroles latines semblait doublement harmonieuse sur
ses lèvres. Légèrement renversée en arrière, ses longs cheveux
blonds inondant sa robe comme un manteau d'or, elle paraissait,
dans cette attitude, moins appartenir à la terre que descendre d'une
région céleste.

Jacob Weyten, plongé dans un demi-sommeil, s'abandonnait au
charme de cette harmonie exquise, et jamais artiste ne composa
un tableau plus ravissant que l'intérieur de la riche et grande salle
du vieux bourgeois de Gand. Cette pénombre mystérieuse estom-
pant le fond, les clartés tombant de la verrière, les notes vives
des bouquets de fleurs tranchant sur les boiseries sombres, les
parfums délicats des plantes, les sons voilés de l'orgue, la silhouette
angélique d'Aléna noyée dans une magnifique lumière, tout con-

courait à la perfection de l'ensemble et à la grâce des détails.

Hugo van Goës, que les domestiques de Jacob Weyten n'avaient point annoncé, tant le jeune homme se trouvait d'une manière intime mêlé depuis quelques jours aux événements qui venaient de bouleverser l'existence paisible de cette famille, parvint au pied du fauteuil du grand vieillard sans que celui-ci l'entendît venir.

L'artiste s'inclina devant le père d'Aléna, pressa la main que lui tendait le blessé d'une façon expressive, comme pour le supplier de ne point enlever Aléna à son inspiration, et debout, appuyé contre le dossier du siège de Jacob, Hugo s'abandonna au charme de cette voix ravissante. Tandis qu'il l'écoutait, il ne s'appartenait plus; son esprit allait rejoindre dans les divins espaces l'esprit de la jeune fille qui planait si loin de la terre. Les battements de son cœur l'étouffaient, son regard se voilait et, tandis qu'une sorte de langueur s'emparait de lui, on eût dit que de fortes ailes soulevaient son âme et qu'une flamme divine descendait pour doubler et purifier son génie.

La voix d'Aléna cessa de s'élever dans l'air; elle redescendit lente et douce, se perdant au sein des accords de l'orgue effleuré par sa main légère; puis la jeune fille poussa les registres, ferma soigneusement le clavier, se leva et, quittant son instrument, elle s'approcha de son père.

Alors seulement, quand elle se fut retournée vers Jacob, elle reconnut Hugo van Goës.

Une vive rougeur couvrit ses joues et elle demeura un instant interdite sous le regard de l'artiste.

— Mon père, dit-elle doucement, en se penchant sur Jacob pour cacher son trouble, c'est une trahison; si j'avais su que messire van Goës fût présent...

— M'auriez-vous donc privé du plaisir de vous entendre? répondit van Goës.

— Peut-être, messire, aurais-je redouté non pas vos critiques, car je vous sais bienveillant, mais votre jugement qui ne saurait être banal.

— Aléna, dit Jacob Weylen, maître van Goës n'est-il point désormais notre ami?

Aléna ne répondit pas, et, prenant un délicat travail de broderie, elle vint s'asseoir près de la croisée.

— Parlez-moi de vous, dit le blessé au jeune homme; rien ne m'intéresse plus, moi bourgeois, qui fis ma fortune en trafiquant, que de suivre dans la vie d'un homme les premières tentatives de sa vocation et d'assister à ses progrès. Je me demande toujours avec une grande curiosité quels furent ses commencements, ses luttes; quelle phase marqua ses premiers succès. J'aime à savoir non point les procédés de son art, mais pour ainsi dire ceux de son esprit. Racontez-moi donc comment vous êtes devenu peintre, qui vous poussa vers l'art, quels amis vous entourèrent, quel maître vous guida...

Aléna s'asseyait devant son petit orgue. (*Voir page* 116.)

X

BONHEUR TROUVÉ

Hugo prit la parole :

— Mon maître fut Jean van Eyck, dit-il. Tout ce que j'ai appris du grand art me vient de ses leçons et, dès que je fus entré dans son atelier, je me jurai non pas de devenir l'égal de mon vénéré maître, mais du moins de faire honneur à son école. La vie était facile, et cependant rigide, dans cet intérieur. Les élèves semblaient les fils de la maison; une règle pour ainsi dire cénobitique réglait l'emploi de nos journées. Nulle place n'y était réservée pour le plaisir. Élèves et maître assistaient ensemble aux offices divins, et quand nous entrions dans le vaste atelier, c'était presque avec recueillement. Comment n'en eût-il pas été de la sorte? Nous représentions sans cesse sur nos toiles les plus magnifiques pages de l'histoire sacrée. Lorsque nous n'avions point assez présent à l'esprit le texte du livre saint que devait illustrer notre pinceau, Margaret van Eyck prenait la Bible ou l'Évangile et lisait, de sa voix harmonieuse, le chapitre destiné à nous rappeler les faits historiques ; ensuite, sans orgueil, sans enflure, avec une simplicité qui n'excluait pas l'éloquence, Margaret commentait le passage, rappelait le souvenir de lectures antérieures, éclairait d'un mot le côté resté obscur, citait un Père de l'Église, ajoutait à la profonde science des saints son opinion personnelle, découvrait dans les textes une grandeur, une poésie cachées, et illuminait de la sorte les pages sublimes qu'elle nous citait ou nous traduisait. Margaret faisait simplement toutes choses ; sa science restait sans pédantisme; nous l'admirions peut-être trop pour songer à la trouver belle. Elle nous parut toujours venir du ciel et devoir y retourner...

— Vous avez conservé un bien vif souvenir de Margaret van Eyck, dit Aléna en laissant un moment sa main inactive.

— Oui, je l'avoue ; mais ce souvenir est empreint d'un sentiment religieux qui fait que Margaret m'apparaît bien plus souvent sous des voiles de religieuse que dans ses habits mondains.

— Pourquoi s'enferma-t-elle dans un cloître?

— Margaret chérissait deux choses passionnément : l'art et ses frères. L'art était pour elle une façon de prier. Ses invocations se traduisaient dans des figures de saints et d'anges. Dépourvue d'orgueil, elle ne signait presque jamais ses œuvres, et cependant la plupart des toiles de Jean et d'Hubert renferment des figures peintes

par cette angélique créature, qui fut une grande artiste avant de
devenir une sainte... Je suis certain que l'influence de Margaret
domina toute la vie de ses frères. Ce fut elle qui voulut affranchir
les figures de bienheureux des restes de convention byzantine. Jusqu'à cette heure, un fond d'or alourdissait les tableaux et enlevait
aux visages une partie de leur vitalité. Margaret rêva la première
des paysages merveilleux, que la nature ne présente peut-être
jamais, mais dont l'aspect transporte dans un autre monde. Ses
vierges erraient dans des jardins qui sont les jardins mêmes du
paradis. Des perspectives étonnantes s'ouvraient, soit à travers de
vastes arcades, soit par une large fenêtre. Sans doute, Margaret et
ses frères ne représentaient point la nature telle qu'elle se présente
à nos regards, robuste et plantureuse. Elle peignait des arbres
grêles, des fleurs épanouies sur une tige élancée, des montagnes
baignées dans l'azur, des tapis de verdure émaillés de bouquets
d'une fraîcheur vivante. Non, ce n'était pas la nature vraie, mais
une nature idéale, un cadre harmonieux merveilleusement approprié aux figures d'anges, de vierges et de saints qui traversaient
ces paysages élyséens. J'ai essayé d'apprendre à l'école de mes
maîtres la simplicité du geste, la dignité de l'attitude, la grandeur
et la profondeur de l'expression. Que d'heures j'ai passées devant
les chefs-d'œuvre sortis de leur pinceau, puisant dans cette con-
templation, dans cette étude, une leçon plus haute que toutes les
leçons de ceux qui dissertent sur l'art! Quand Jean van Eyck per-
fectionna la peinture à l'huile, dont le secret se perpétuait sans
amener de résultat, je fus un des premiers à m'enthousiasmer pour
les progrès que pouvait faire la peinture, grâce au procédé qui permettait un travail plus rapide et promettait de donner aux ombres
une vigueur que les peintures à l'œuf et à l'eau rendaient impossible. La mort de mes maîtres me causa une si grande douleur que,
pendant plusieurs mois, le courage me manqua pour toucher à mes
pinceaux. Ce fut Margaret qui me rendit l'énergie. Avant de s'enfermer dans le couvent où s'est éteinte sa jeune vie, elle me fit
appeler, m'interrogea avec une bonté fraternelle, me réprimanda

de ma défaillance, et me fit promettre de perpétuer à mon tour les
enseignements de ses frères. Elle fit davantage, et me remit deux
choses qui, depuis, ont protégé ma vie : une lettre pour le duc Philippe le Bon, puis un reliquaire qui avait appartenu à Hubert,
l'aîné de la famille.

Le prince m'accueillit avec cette grâce cordiale qui le faisait
adorer des artistes ; le comte de Charolais me prit en subite amitié, et je me remis à travailler pour mes nobles protecteurs avec
un zèle bientôt doublé par le succès.

Ce fut pendant cette phase de labeur et de jeunesse que je me
liai avec deux jeunes hommes : Hemling et Gaspar Ofhuys ; Hemling, qui joint l'audace d'un soldat à l'ardeur d'un grand et fécond
artiste ; Gaspar, que je m'étonne toujours de trouver au milieu de
nous, et qui ne tardera pas, sans doute, à quitter la cour pour s'ensevelir dans un monastère.

— Et, demanda Jacob, vous n'avez jamais souffert de la solitude ?

— Je l'avouerai, dit Hugo plus lentement, l'atelier dans lequel
je travaille m'a paru vide plus d'une fois ; j'aurais voulu y voir passer une forme svelte comme celle de Margaret ; dans certaines
heures, quand l'étude ne me donnait pas le mot d'une énigme
cherchée, j'évoquais la pure jeune fille qui, assise dans l'atelier,
penchée sur quelque docte manuscrit, le lisait et le commentait
pour nous... Mais ces regrets et ces rêves duraient peu, le travail
reprenait sa puissance victorieuse, et je me consolais en songeant
que Dieu seul peut faire sonner l'heure de notre félicité.

La voix de l'artiste faiblit un peu, et il resta un moment silen-
cieux.

— Maître van Goës, demanda Jacob Weyten, quand je fis bâtir
ma maison, je voulus qu'on laissât dans cette salle un immense
panneau vide. Je me réservais plus tard de le faire couvrir de peintures. Ne pensez-vous point qu'une scène biblique, se déroulant
dans ce large espace, serait d'un magnifique effet ?

— Certes ! répondit Hugo avec chaleur.

— Si je ne me suis point hâté de mettre ce projet à exécution,

reprit Jacob Weyten, c'est que je ne trouvais point alors, à Gand,
l'artiste capable de traduire toute ma pensée. Depuis que je vous
écoute, depuis que des circonstances imprévues nous ont rapprochés, je suis possédé de l'idée que seul vous réaliserez la toile que
je rêve.

— Avez-vous donc à l'avance choisi votre sujet?

— Oui, répondit Jacob, et c'est une difficulté peut-être.

— Pourquoi?

— Chaque artiste aime à rêver ses personnages et son drame.

— Vous n'avez pu souhaiter voir représenter ici une scène vul-
gaire; tout dans cette maison décèle un goût éclairé.

— Jugez-en donc, maître Hugo : je veux que ce panneau réu-
nisse toutes les beautés d'un paysage d'Orient, toutes les richesses
d'un plantureux pays; le cadre doit être magnifique, afin de mieux
faire ressortir les figures principales.

— Et quelles seront ces figures? demanda van Goës.

— Abigaïl et David... Abigaïl représente pour moi le type de la
femme dans ce qu'elle a de plus charmant. Abigaïl, c'est la prudence, l'esprit de paix et de concorde, la générosité, la grâce. Son
époux, avare et brutal, refuse des vivres à David et à ses serviteurs.
Le jeune berger de Bethléem jure de s'en venger; le désastre et la
ruine vont fondre sur la demeure de Nabal... Abigaïl n'adresse
aucun reproche à son mari; elle prend seule une résolution dont
elle attend le succès et le salut. Elle puise dans les greniers, dans
les jardins, dans son épargne; elle accumule les présents qu'elle
veut offrir au vainqueur irrité, puis elle part, paisible, certaine
d'avance du succès. Dès qu'elle aperçoit David, elle se prosterne,
lui parle avec douceur, demande grâce pour Nabal, et à force de
charme et d'éloquence, elle sauve l'époux imprudent, la maison
menacée...

— Oh! vous avez raison! s'écria Hugo van Goës; voilà le sujet
d'un magnifique tableau... Au fond, des montagnes; de chaque
côté, de grands arbres répandant une ombre puissante, et dont les
hautes branches couvriraient une partie de ce panneau. Au premier

plan, Abigaïl prosternée, humble, douce, priant du regard et de la
voix David dont la colère s'apaise par degrés... En arrière, les serviteurs d'Abigaïl déposant sur le sol les présents de leur maîtresse.
Au dernier plan, les compagnons de celui que le prophète avait
fait roi, et dont l'âme s'inclinait déjà vers Abigaïl, avec une puissance dont il n'était pas maître.

— C'est cela!... c'est cela! fit Jacob... et si vous daigniez...

— Quoi donc? demanda van Goës d'une voix tremblante.

— Exécuter cette fresque pour moi, je vous donnerais...

— Jacob Weyten, si je consens à ce que vous souhaitez, j'y mets
pour condition de fixer moi-même le prix de mon travail.

— Soit! répondit Jacob; ma convalescence se prolongera sans
doute. Si vous vouliez me satisfaire d'une façon complète, vous
commenceriez bien vite ce travail... je vous suivrais du regard
avec tant de joie que je guérirais plus vite... Pour étudier de beaux
arbres, il vous suffira d'ouvrir la fenêtre... Et quant à Abigaïl...

— Messire Jacob, il y aurait un moyen de rendre ce tableau
mille fois plus précieux encore à vos yeux.

— Lequel?

— Ce serait de donner à Abigaïl les traits de votre bien-aimée
fille.

— Moi! s'écria Aléna en se levant.

— Et pourquoi non? demanda Jacob; j'approuve fort l'idée de
Hugo van Goës... vraiment oui, tu réalises, pour l'artiste comme
pour le père, la douceur, la grâce... Je t'en prie, ne me refuse
pas... songe donc quelle sera ma joie de te voir à toute heure dans
cette grande salle où je passe presque toutes mes heures!...

— Oh! s'il ne s'agissait que de vous!

— Qu'est-ce donc qui t'effraie?

— Il faut poser... dit Aléna.

— C'est vrai, répondit Hugo, il faut poser, c'est-à-dire ajouter
un long voile à votre costume et rester ainsi, comme vous êtes,
aux genoux de votre père, le regardant avec cette expression de
prière qui rendra d'une façon complète celle de mon Abigaïl...

Rassurez-vous, du reste : je peins vite, j'ai la main sûre... si vous consentez à ce que souhaite maître Weyten, je ne vous imposerai point un long ennui...

— Père, répondit Aléna d'une voix douce, depuis deux grandes semaines, vos idées ont bien changé à mon égard. J'ai été habituée par vous à vivre dans l'obscurité et le silence, allant de votre maison à l'église, ne connaissant guère que vous et mes pauvres... depuis, vous avez exigé que je parusse au cortège des Chambres de Rhétorique... j'ai cédé à regret à votre désir, j'avais raison de trembler; la princesse Marie me prit à gré, je restai près d'elle, vous avez failli être tué par les Chaperons blancs venus pour enlever les pierreries du prince...

— Mais Hugo van Goës m'a défendu, et j'en serai quitte pour une balafre... D'ailleurs, il me semble que, cette fois, je garde pour moi, pour moi seul, la beauté de ma fille.

— Oh! si vous vouliez... dit Aléna dont les yeux se remplirent de pleurs.

— Je renoncerais à mon projet?

— Oui, père.

— C'est bien! fit Jacob; relève-toi, Aléna; maître van Goës, ne songeons plus à Abigaïl...

L'artiste s'inclina sans parler.

La jeune fille regarda son père, lut sur son visage l'expression du regret et de la souffrance, et prenant ses deux mains elle les couvrit de baisers.

— Messire van Goës, dit-elle, apportez demain votre palette et vos pinceaux, ébauchez le panneau, et qu'il soit fait suivant le désir de mon père; je mourrais de remords si une douleur lui venait de moi.

Jacob tendit les bras à sa fille, la pressa tendrement sur son cœur, et Hugo, prétextant les préparatifs du travail du lendemain, prit congé d'Aléna et de son père avec une hâte que ni Jacob ni sa fille ne purent s'expliquer.

Il n'est pas sûr qu'Hugo van Goës la définît bien lui-même.

Jacob Weyten n'était pas assez gravement blessé pour se condamner à garder le lit; sa grande vigueur et l'énergie de sa volonté
empêchèrent la fièvre redoutée par le mire, et, six jours après le
départ du prince Charles le Hardi, Jacob, affaibli par la perte du
sang et pâli par la souffrance, se tenait à demi couché dans un
vaste fauteuil mollement rembourré à l'aide des coussins enlevés à
divers sièges. Le digne bourgeois semblait jouir du repos plein de
charmes qui succède à la maladie. Une ombre douce emplissait la
vaste chambre, le faible parfum des fleurs placées dans de grands
vases flottait au sein d'une atmosphère attiédie; la lumière se tami-
sait mollement en passant à travers des vitraux. La haute fenêtre,
décorée par les plus habiles verriers de Gand, représentait la Vierge
Marie assise sur un trône, entourée d'anges et d'esprits bienheureux jouant de la viole, du rebec. Dans le jour adouci qui tombait
sur eux, l'œuvre s'ébauchait en larges esquisses, tandis que l'artiste, pour rompre la monotonie de la pause, reprenait le récit de
ses souvenirs d'école. On eût dit cependant que la jeune fille
éprouvait une sorte de tristesse en écoutant Hugo rappeler les
heures de joie recueillie passées dans cet atelier, d'où sortaient
des œuvres complètement belles parce qu'elles jaillissaient d'un
génie épuré par la foi. Van Goës paraissait prendre un plaisir
infini à faire et refaire sans cesse l'idéal portrait de Margaret, et
comme Aléna le lui fit observer un jour avec une sorte de vivacité,
Hugo répondit :

— Je trouve que vous lui ressemblez.

Souvent, soit pour reposer l'artiste de son labeur, soit afin de
doubler son inspiration, Aléna s'asseyait devant son petit orgue, et
sa voix pure, s'élevant dans la haute salle, faisait oublier pour un
moment à Hugo van Goës qu'il se trouvait encore sur la terre des
souffrances, de la lutte et des larmes.

Tandis qu'il écoutait cet accent pur chantant les éternelles
louanges, il se croyait transporté dans un monde à part; ces vagues
d'harmonie l'emportaient dans leur mouvement cadencé; pour lui
s'ouvraient des espaces bleus, lentement peuplés par des visions

séraphiques. A perte de vue se déroulaient les paysages idéals
formant les lointains de ses tableaux; il s'abandonnait à une rêverie sans nom dont il sortait en essuyant les larmes roulant sur ses
joues; ou bien, saisi d'une singulière ardeur, il peignait avec une
fougue emportée et réalisait des prodiges sous la double inspiration
dont il se sentait saisi.

Il était difficile d'entendre une voix plus vibrante que celle de la
fille de Jacob Weyten. Son timbre était chaud, vivant; elle s'emparait de l'âme toute entière; personne, jusqu'à cette heure, n'avait
résisté au charme de cet accent harmonieux; mais Aléna permettait à bien peu d'amis de jouir de son remarquable talent. La modestie de la jeune fille s'effrayait des louanges. Elle ne chantait
guère que pour Dieu, dans des couvents dont elle vénérait les
religieuses, pour son père, puis pour elle-même.

Aléna ne comprenait pas que l'on recherchât les applaudissements de la foule; elle se trouvait plus heureuse du suffrage d'un
ou de deux amis de son père, qu'elle ne l'eût été en soulevant l'enthousiasme d'une foule. Du reste, la nature même de son talent
était intime. Elle ne trouvait d'inspiration que dans son cœur; le
plus souvent, tandis que sa petite main errait sur le clavier, elle
improvisait des airs d'une simplicité charmante que l'on eût voulu
retenir, comme on souhaiterait garder en soi l'écho d'une parole
éloquente ou la suavité d'un parfum trop vite envolé.

Plus d'une fois, soit excès de fatigue, soit que son esprit se trouvât envahi par une pensée douloureuse, Hugo arriva chez Weyten
pâle et fatigué d'avance. Il lui semblait que son travail de la journée resterait stérile, qu'il ne saurait ni dessiner ni peindre. Il restait
debout devant son immense composition, sans savoir s'il devait con-
tinuer le paysage ou commencer une figure. Il doutait de son œuvre,
de son talent; il voyait l'avenir sombre; rien ne lui souriait plus.
Jacob s'apercevait vite de ces dispositions. Il ne fut pas longtemps
avant de comprendre par quel charme on parvenait à les vaincre.

— Aléna, disait-il, chante un peu; maître Hugo ne fera rien de
bon sans cela...

Et, docilement, Aléna se plaçait à l'orgue et chantait; à mesure que sa voix répétait un motet ou improvisait un air empreint de recueillement et de mélancolie, Hugo sentait se dissiper sa tristesse et le courage lui revenir; son pinceau volait sur la grande fresque, et quand il tombait épuisé sur son escabeau, Jacob se frottait les mains en murmurant :

— J'aurai de vous une plus belle œuvre que le duc de Bourgogne n'en possèdera jamais.

— Elle me coûte cher! répondit un jour van Goës.

— Me croyez-vous avare? demanda le bourgeois de Gand.

— Non, répondit Hugo en secouant la tête, mais Dieu seul sait ce qu'elle vaut!

— Soyez tranquille, dit Jacob, je paierai.

Hugo secoua la tête, rangea sa palette et, quittant la salle, il erra dans le jardin.

Les fleurs dont il était rempli le jour où, pour la première fois, il pénétra dans la demeure de Jacob Weyten étaient depuis long-temps fanées. Aléna n'y aurait pu faire sa moisson de roses; les chaleurs de l'été brûlaient les plantes, et les arbres semblaient atteints d'une sorte de langueur. La terre se fendillait par places, les oiseaux se réfugiaient dans les branches, une sorte de tristesse remplissait ces lieux qu'il avait trouvés si pleins de sève et de vie. Hugo se dit que son cœur ressemblait à ce jardin dont les fleurs étaient mortes, tuées par les ardeurs du soleil et par l'intense chaleur de la terre. Il ne songea point que la pluie rendrait aux feuilles leurs verdeurs lustrées, que d'autres fleurs non moins attrayantes succéderaient à celles du printemps; la tristesse lui envahit l'âme et il s'abandonna à une sorte de désespérance. Il resta seul longtemps dans un bosquet si touffu qu'il conservait un reste de fraîcheur; ses pensées n'avaient point de but déterminé, elles flottaient sur son âme comme des brouillards.

Que voulait-il? Qu'allait-il faire? Sa fresque avançait avec une rapidité dont il s'effrayait au lieu de s'en applaudir. Peut-être, s'il eût ouvert son cœur à Jacob, celui-ci aurait-il d'un mot détruit

une secrète espérance : il préférait se taire encore, se taire toujours...
Parfois, il lui semblait que le vieillard le traitait avec une affection
paternelle, et que le regard d'Aléna se reposait sur lui avec une
amicale douceur. Mais ne prenait-il pas son désir pour un commencement de réalité? La bienveillance d'Aléna lui valait seule
quelques sourires; son obéissance filiale la portait seule à chanter
dès qu'elle voyait Hugo triste et sans inspiration. La jeune fille,
comme le père, tenait à posséder un chef-d'œuvre. Dût-il en mourir, Hugo van Goës devait au bourgeois de Gand et à sa fille une
toile inimitable. Un moment vint où le jeune homme accusa le
vieillard de dureté, sa fille de coquetterie. Ne voyaient-ils, ne com·
prenaient-ils rien? Allait-il leur donner le sang de son cœur, le
meilleur de son être pour recevoir en échange quelques pièces d'or?
A cette pensée, le cœur de van Goës bondit dans sa poitrine, il se
leva, et murmura d'une voix sourde :

— Je n'achèverai pas ce travail, non, je ne l'achèverai pas... Je
quitterai Gand demain, je rejoindrai le prince à Bruxelles où m'attendent Hemling et Gaspar... Celui-là seul est sage parmi nous.
Parlez-lui de gloire, de bonheur humain, d'affection : il vous
montre la terre où tout finit et s'effondre, où les fleurs se fanent,
où les tombes se creusent, la terre qui ne donne jamais le dernier
mot des énigmes qu'elle propose, puis le ciel où tout est aimable
et parfait...

En ce moment, la douce voix d'Aléna s'éleva dans le lointain. Elle
chantait l'*Ave maris stella* avec une émotion pénétrante, et les sons
voilés de l'orgue ajoutaient au charme mystique, à la mélodie sacrée.

Lentement, Hugo releva le front; avec le chant d'Aléna qui lui
arrivait si pur, le calme rentra dans son âme, ses yeux rencon-
trèrent, dans l'angle du bosquet où il s'était réfugié, un bouton de
rose blanc comme l'ivoire, exhalant un faible parfum; il le cueillit,
le respira, le passa à son pourpoint et, comme si la voix de la jeune
fille l'eût attiré par une force supérieure à sa volonté, il reprit le
chemin de la grande salle, chargea de nouveau sa palette et, sans
parler, il travailla jusqu'au soir.

.. Enfin la fresque s'acheva.

Suivant la coutume du temps, van Goës fit entrer dans sa composition le portrait de presque tous les habitants de la maison. On retrouva la belle et placide figure du bourgeois de Gand dans le serviteur d'Abigaïl étalant les présents de sa maîtresse. Trois domestiques de Jacob figurèrent parmi les compagnons de David. Aléna ne devait plus poser que deux fois devant l'artiste. La ressemblance de la jeune fille était complète, et cependant Hugo ne se déclarait point satisfait.

Tantôt le regard manquait d'expression, tantôt la bouche ne rendait point la douceur qui fait la grâce du visage; les mains d'Aléna étaient plus petites, les cheveux plus fluides.

La jeune fille se prêtait aux désirs de l'artiste avec une parfaite soumission. Jamais elle ne témoignait d'impatience. Elle avait fini par porter à cette œuvre autant d'intérêt que son père. Elle-même indiquait parfois à Hugo des changements à faire, des améliorations à apporter dans l'ajustement d'une draperie. Ces remarques ravissaient l'artiste. Il se réjouissait de voir Aléna prendre une part active à son œuvre, et y donner pour ainsi dire sa part de collaboration.

Elle franchit le seuil de la salle. (*Voir page* 125.)

XI

ABIGAIL

Hugo travaillait ainsi depuis plusieurs jours lorsqu'un soir Aléna lui dit, après avoir contemplé la fresque :

— Maître van Goës, voici une œuvre parfaite!

— Une merveille! ajouta Jacob Weyten.

— Vous n'attendiez pas mieux?

— Je n'espérais pas autant.

— C'est bien, répondit Hugo d'une voix faible, oui, c'est bien.

— Voulez-vous passer dans mon cabinet? demanda Jacob à l'artiste.

Celui-ci frissonna, mais il sut se contenir; il comprit que Weyten voulait payer son chef-d'œuvre, et que l'heure décisive était arrivée. Bien qu'il souffrît, van Goës comprit qu'il ne garderait pas le courage de parler, et, s'inclinant, il suivit Jacob.

Pendant ce temps, Aléna s'assit devant son petit orgue et se mit à jouer une mélodie vague, empreinte d'un sentiment douloureux.

Jacob Weyten ouvrit le tiroir à secret d'un grand meuble d'ébène, en tira un sac de peau brodé de soie et marqué à son chiffre, et dit à Hugo van Goës :

— Je n'ai point la prétention de solder l'œuvre que vous avez faite... Toute ma vie je vous serai redevable... Mais je vous prie d'accepter ces trois mille ducats...

— Oui, dit Hugo avec une sorte d'âpreté, j'ai travaillé, vous payez mon labeur... Il faut le dire, Jacob Weyten, vous vous montrez généreux comme un roi! Et cependant, Dieu le sait, si j'avais su ce que me coûte une telle œuvre, j'aurais fui de votre maison comme on s'éloigne d'un lazaret.

— Que voulez-vous dire? demanda Jacob.

— Rien! oubliez ces paroles; je suis fou, Weyten, vraiment je suis fou!

— Vous possédez toute votre raison, mais vous paraissez souffrir.

— Oui, je souffre, vous l'avez dit, je souffre beaucoup.

— Puis-je quelque chose à votre douleur?

Hugo fut sur le point de s'écrier : « Vous pouvez me rendre le bonheur et la vie! » Il ne l'osa point. Il lui sembla qu'une main de fer lui étreignait le cœur; il pâlit, tomba sur un siège, et repoussa de la main le lourd sac de ducats.

— Ma fille l'a brodé pour vous... dit Jacob.

Hugo se détourna sans répondre.

Un moment après il ajouta :

— J'ai déjà trop retardé mon départ; je quitterai Gand dans deux jours... Je vous demande comme une suprême grâce de me permettre de travailler seul demain dans la grande salle... Ce que je n'ose dire, mon pinceau le traduira peut-être...

— Vous êtes le maître, répondit Jacob.

— Adieu donc, dit Hugo, et à demain !

— Vous oubliez... fit Weyten en montrant le sac de ducats.

— Soyez tranquille, j'en disposerai...

Hugo serra les mains de Jacob avec une sorte de violence, puis il quitta la maison.

— Allons ! fit le bourgeois, il paraît que je me suis trompé... j'avais cru cependant qu'Aléna lui semblait belle, et j'espérais... c'était un rêve... Van Goës retourne à la cour du prince Charles, il est ambitieux, et son ambition est justifiée par son génie... Quelque jour, son prince en fera un ambassadeur comme van Eyck fut celui de Philippe de Bourgogne... c'est un grand esprit, un noble cœur ! il me manquera...

Aléna jouait encore quand Jacob Weyten rentra dans la salle.

— Eh bien? demanda vivement la jeune fille.

— La question d'affaires est réglée.

— Que vous a dit maître Hugo?

— Il part dans deux jours.

La main d'Aléna s'arrêta sur le clavier. Elle regarda fixement son père; puis, cachant son front dans ses mains, elle pleura...

Le lendemain, Hugo s'enferma dans la grande salle et y travailla jusqu'au soir. Pendant ce temps Aléna, qui avait fait transporter son instrument dans la chambre voisine, jouait des airs dans lesquels vibraient les tristesses de l'âme et les déchirements de l'adieu.

Le lendemain, quand elle se leva, pâlie par l'insomnie, elle semblait mille fois plus touchante que le jour où, dans tout l'éclat de sa beauté, elle portait, aux acclamations de la foule, le sceptre de la reine de Rhétorique. La femme avait souffert, mais la chrétienne conservait la force de vaincre. Aléna se dirigea vers Saint-Bavon à l'heure accoutumée, y pria avec un redoublement de ferveur ; puis, comme si la vue de ceux qui la saluaient au passage, en lui souhaitant la joie et la prospérité, eût doublé sa secrète angoisse, elle pressa le pas, afin de gagner plus vite la cour remplie de ses humbles clients.

Les dons qu'elle leur destinait étaient plus nombreux que d'ordinaire ; sa douleur ne la rendait pas insensible ; plus elle souffrait, plus elle souhaitait alléger la souffrance d'autrui. Les pauvres trouvèrent sa voix imprégnée d'une étrange douceur ; elle embrassa les petits enfants avec une tendresse passionnée ; elle recommanda aux prières des mendiants son âme éprouvée. Sa voix tremblait, de fugitives rougeurs montaient à ses joues, son regard brillait d'un éclat fébrile.

— Me permettez-vous de joindre mes bienfaits aux vôtres? lui demanda doucement Hugo qui venait de pénétrer dans la cour.

— Sans doute, répondit la jeune fille.

L'artiste posa sur l'appui d'une fenêtre le sac de ducats reçu la veille, et, comptant du regard le nombre des mendiants, il fit un calcul rapide ; puis, plongeant la main dans le sac de peau, il la retira remplie de pièces d'argent qu'il remit dans le giron d'une jeune mère portant deux enfants dans ses bras. Ensuite, ce fut le tour d'un vieillard ; après vint un estropié ; chacun, répétant des bénédictions, recevait une grosse somme, se signait et s'éloignait en louant Dieu et en souhaitant une longue vie au généreux artiste.

Quand passa le dernier pauvre, Hugo vida tout ce que le sac renfermait de ducats dans le chaperon du misérable ; puis, se tournant vers Aléna, qui le regardait faire un sourire aux lèvres et une larme dans les yeux, Hugo lui dit, en cachant sur sa poitrine le sac brodé à son chiffre :

— Ceci est mon bien, et je le garde...

Sans ajouter un mot, il quitta la cour et chercha Jacob qu'il rencontra dans un couloir.

— Messire Weyten, lui dit-il, voulez-vous, avec votre fille,
venir dans la grande salle regarder la fresque une dernière fois?

— De grand cœur, répondit Jacob; je rejoins Aléna, et je l'amène.

Hugo entra le premier dans la vaste pièce. Le soleil éclairait
d'une façon merveilleuse le vaste panneau sur lequel l'artiste avait
représenté d'une façon magistrale la rencontre de David et d'Abigaïl. Seulement, pendant la journée de la veille, il avait fait subir
un notable changement à son œuvre; à la tête, toute d'invention,
qu'il avait d'abord prêtée au jeune roi, il venait de substituer son
propre visage. De la sorte, l'expression pleine de respect et d'admiration avec laquelle David considérait Abigaïl devenait, pour
Aléna et pour son père, un langage facile à comprendre. Mais, afin
de prouver aussi qu'il était prêt à se soumettre à la volonté du
vieillard et à la décision de sa fille, Hugo reprit sa palette, ses pinceaux, et, debout, il attendit l'entrée de Weyten. Un mot, un regard
de celui-ci auraient suffi à Hugo pour lui faire effacer le nouveau
portrait introduit dans la fresque et rétablir la première tête dont
Hugo avait conservé le dessin.

Aléna, déjà émue par ce qui venait de se passer, prit sans parler
le bras de son père. La générosité de Hugo, distribuant aux
pauvres les trois mille ducats reçus la veille, pouvait être une
preuve de tendresse ou une marque de dédain.

Sans savoir pourquoi, elle tremblait. Aléna gardait le pressen-
timent que sa vie même se trouvait en jeu; elle entraînait son
père, puis, saisie de crainte, elle retardait sa marche. Enfin, prenant une résolution subite, elle franchit le seuil de la salle, et
resta immobile devant la fresque représentant *Abigaïl et David*.

Le regard anxieux de Hugo interrogeait Weyten et Aléna.

Celle-ci, le front appuyé sur l'épaule de son père, pressa sur ses
lèvres une des mains du vieillard, et Jacob appela d'une voix tremblante :

— Mon fils! Hugo, mon fils!

L'artiste laissa échapper pinceaux et palette et, le cœur plein de
joie, il répondit :

— Mon père !

David et Abigaïl étaient fiancés.

Depuis longtemps déjà, Hugo se demandait, dans le secret de sa pensée, si Dieu n'enverrait pas sur sa route une femme digne d'être sa compagne dans les bons comme dans les mauvais jours ; une créature assez noble pour porter avec lui le poids d'une grande renommée, assez intelligente pour s'associer à ses aspirations, à ses rêves, et soutenir le vol de son génie par la puissance d'esprit particulière aux femmes, et qui donne à leurs conseils une valeur dont jamais les hommes ne feront trop de cas. Hugo, sans être dévoré par l'orgueil, sans céder aux suggestions de la vanité, s'estimait à sa vraie valeur. Il appartenait à la pléiade d'artistes qui rendit, si féconde, dans les Flandres, la période de « l'art divin », période durant laquelle les grands artistes consacrèrent leurs pinceaux à la représentation de scènes empruntées à la Bible ou à l'Évangile. Leur âme demeurait dans des hauteurs réservées, et leur talent, s'appuyant sur leur foi, enfantait ces œuvres qui seront longtemps encore l'objet de l'admiration et du respect. Van Goës, ayant grandi à l'école des van Eyck, comprenait la famille comme il l'avait étudiée dans ce cénacle doublement consacré par l'art et par la vertu ; la vive amitié qu'il avait ressentie pour Margaret le rendait sévère dans la façon de juger les autres hommes. Il ne voulait pour femme qu'une créature rappelant le souvenir de la sœur de ses maîtres ; Hugo désespéra de la rencontrer, jusqu'au jour où Aléna parut devant lui. Mais, dès que la chaste fille de Jacob Weyten lui révéla sa grâce modeste, l'image de Margaret pâlit sans s'effacer, et l'artiste se dit au fond de son âme : « Le bonheur de ma vie est là ! »

Mais que d'obstacles avant d'y atteindre ! Aléna, il le savait, avait refusé les plus riches partis de Gand ; l'un des plus opulents gentilshommes de la cour de Charles le Hardi, séduit par l'éclatante beauté de la reine de rhétorique, et basant un accroissement de faveur personnelle sur l'amitié soudaine de la princesse Marie pour la fille de Jacob, exprima avant son départ des vœux que la

jeune fille repoussa avec une fermeté paisible. Jacob Weyten était
riche, et la voix populaire chiffrait par tonnes d'or les ducats du
bourgeois de Gand. De plus, cette opulence, dont la source avait
été un honnête négoce, restait non-seulement honorable et honorée,
mais bénie. Les pauvres, plus encore que les riches, connaissaient
la maison de Jacob, et les blanches mains de sa fille s'ouvraient
avec une libéralité prodigue. On appelait Aléna la perle de Gand.
Et sa beauté, moins encore que ses vertus, lui méritait ce titre
dont elle restait plus embarrassée qu'orgueilleuse. Vraiment, cette
fille était bien la couronne des cheveux blancs du vieillard. De
l'heure où Hugo van Goës la vit dans le jardin, entourée d'oiseaux
et couronnée de roses, son rêve prit un corps et il put donner un
nom au gracieux fantôme évoqué dans ses songes. Après s'être
représenté les difficultés qu'il aurait à vaincre, il fut tenté de renoncer à une lutte qu'il présageait difficile, et dont il pouvait sortir
vaincu et brisé. Jusqu'au moment où les hommes de Jacques, pénétrant dans le palais du prince, tentèrent un hardi coup de main
pour s'emparer de ses pierreries, jusqu'au moment où Aléna courant un danger imminent l'appela à son secours, Hugo était décidé
à vaincre le penchant qui l'entraînait vers la jeune fille, et à s'éloigner de Gand en même temps que le duc de Bourgogne. La blessure de Jacob, la douleur d'Aléna bouleversèrent ses résolutions.
Il voulut se persuader que sa présence était indispensable, qu'il y
aurait de la cruauté à laisser Aléna seule au chevet du blessé; il
se répéta que son devoir lui commandait de rester, et il resta...
Van Goës n'espérait rien encore, cependant; mais il respirait dans
cette maison une atmosphère saine pour son âme. Il ressentait une
joie infinie à voir Aléna distribuer chaque matin les aumônes
accoutumées. Il priait mieux à ses côtés. Quand elle chantait, l'artiste sentait s'éveiller en lui une âme nouvelle, et il savait que, tant
que cette voix angélique résonnerait pour lui, son esprit concevrait
des chefs-d'œuvre que sa main saurait traduire. Durant les deux
premières semaines pendant lesquelles il ébaucha *Abigaïl et David*,
Hugo travailla sous l'empire d'une inspiration heureuse; plus tard,

à mesure qu'approchait la fin de son œuvre, il sentit faillir non pas son talent et sa verve, mais son courage et son espoir. Il savait bien qu'il ne pourrait sans déchirement quitter la maison de Jacob Weyten; il savait que, quoiqu'il fît, son cœur y resterait, et ce cœur se brisait d'avance de crainte et d'angoisse. L'excès d'une inquiétude qui ne lui permettait plus le repos peut seule donner la mesure de la joie qui lui remplit le cœur au moment où Jacob, comprenant sa muette prière, l'attira dans ses bras et l'appela son fils.

Toutes les espérances caressées en rêve se trouvaient dépassées : Il serait l'époux d'Aléna; la perle de Gand deviendrait sa femme! Cette charmante créature se consacrerait au bonheur de sa vie; elle deviendrait sa confidente, sa conseillère; par elle et pour elle, il deviendrait grand, et, il en était sûr à cette heure, il s'élèverait plus haut dans l'art que tous les rivaux dont le talent, à cette heure, restait l'égal du sien.

Le bonheur des jeunes époux rajeunit Jacob Weyten; il ne souhaitait plus rien en ce monde, depuis qu'il voyait assuré le sort de sa fille. Fier de la renommée et de la faveur dont Hugo jouissait à la cour du duc de Bourgogne, Jacob, loin de chercher à garder près de lui Aléna, pressa son gendre de partir pour Bruxelles.

— Je vous rejoindrai, lui dit-il, et dès lors je ne vous quitterai plus... Laissez-moi seulement mettre ordre à des affaires qui sont les vôtres... Je dois vendre des navires faisant à mon profit de longues traversées, céder des fabriques occupant de nombreux ouvriers... Point ne vous souciez de ces détails et vous avez raison... Quand j'aurai changé en bonnes terres ou en ducats sonnants les bâtiments de nos foulonneries, j'irai vous demander une place à votre foyer... Le prince Charles vous a fait promettre de ne point tarder à retourner près de lui, tenez votre parole; sa faveur est précieuse, et Dieu me garde de vous la faire perdre par mon égoïsme.

Van Goës consulta sa femme; mais Aléna n'avait plus d'autre vouloir que celui de son mari, et le départ fut décidé!

Il y eut des larmes, des baisers, des promesses; la séparation semblait à tous également cruelle; mais Jacob s'efforça d'atténuer les regrets d'Aléna, et, consolés par l'espoir de revoir bientôt leur père, les jeunes gens prirent la route de Bruxelles.

Le duc de Bourgogne accueillit Hugo avec une faveur marquée, et la petite princesse Marie supplia son père de donner à celle qu'elle appelait toujours sa chère reine de Rhétorique une charge dans sa maison. Le bonheur, loin d'affaiblir le talent d'Hugo van Goës, lui communiqua un nouvel essor. Il partageait auparavant avec Hemling le premier rang parmi les artistes : il dépassa son ami, que l'amour de la guerre enlevait souvent au recueillement de l'art, et sa gloire resta sans ombre comme sans rivalité.

On pouvait, à cette époque, considérer Hugo van Goës comme le type de l'homme heureux. Rien ne lui manquait. Sa fortune lui permettait d'avoir un train de prince ; sa femme l'aimait comme elle en était aimée ; tous les souverains se disputaient ses toiles ; chaque cour l'appelait en multipliant les offres magnifiques ; mais, ne trouvant aucun prince plus puissant que le grand duc d'Occident, aucun souverain plus magnifique, ni dont l'esprit et l'amitié lui rendissent la protection plus chère, il restait auprès de Charles le Hardi, se reposant des grandes œuvres entreprises pour le prince en enluminant des manuscrits précieux, en répétant le portrait de la mignonne princesse dont le sourire était si doux, et dont les grands yeux s'emplissaient déjà des tristesses que lui ménageait l'avenir.

Oui, Hugo van Goës était heureux! Et ce bonheur n'entraînait ni remords ni craintes ; il le savourait à pleine coupe, comme un homme dévoré de soif. L'excès même de cette félicité l'empêchait parfois de croire qu'il habitait la même terre que tant d'autres hommes pliant sous un fardeau de douleur, luttant contre des difficultés sans nombre. Il s'abandonnait à sa félicité comme ferait un voyageur qui couché sur un radeau de fleurs le laisserait, à son gré, flotter entre deux rives, sûr de le voir aborder près d'une terre bénie.

Hugo était heureux! Il ne songeait point qu'une telle félicité n'est pas de ce monde. Après avoir supplié Dieu de la lui donner, il oublia de lui demander de la lui garder. Il se jeta, il s'oublia dans les triples félicités de la tendresse, de la renommée, de l'opulence, et quand il se retrouvait en présence des amis de sa jeunesse il n'avait point de joie plus grande que celle de leur parler de ce même bonheur.

— As-tu un anneau? lui demanda un jour Hemling.

— Oui; pourquoi?

— Alors jette-le dans le fleuve.

— J'y tiens trop! il me vient d'Aléna.

— Raison de plus... il est quelquefois bon d'imiter les anciens... Tout ce bonheur n'est pas naturel; crois-moi, jette ton anneau dans le fleuve!

— Et toi, demanda Hugo à Gaspar Ofhuys, quel conseil me donnes-tu?

— Ami, répondit Gaspar, depuis longtemps je vis dans ce monde comme si déjà je n'en faisais plus partie... je bénis Dieu de tes succès, mais, je t'en supplie, souviens-toi de cette parole : « Dieu prête le bonheur aux hommes, il ne le leur donne jamais! »

Un nuage passa sur le front d'Hugo van Goës.

— Tu es triste, lui dit-il.

— Ce n'est pas moi, c'est la vie.

— Puis-je passer mes jours à attendre l'épreuve?

— Tu dois te garder assez fort pour la subir.

— Ne la prophétise pas, au moins.

— Non, répondit Gaspar, non; je t'aime et tu le sais; je demande souvent à Dieu qu'il te conserve la félicité présente. Si elle te manquait jamais, je serais le premier à accourir près de toi...

Hugo n'oublia pas les paroles de son ami, et durant deux jours elles l'attristèrent; mais le soir du troisième jour, pendant une magnifique fête donnée par le duc Charles dans son palais de Bruxelles, la porte d'une immense galerie fermée jusque-là s'ouvrit tout à coup et, à l'extrémité de cette galerie, la foule des courtisans aperçut un tableau placé sur une estrade, entouré de courtines de velours et de flambeaux faisant valoir, dans toutes les perfections de son dessin, de sa couleur, la dernière œuvre achevée par Hugo pour son noble maître.

Des exclamations admiratives saluèrent la toile du jeune maître et pour que rien ne manquât à son bonheur, de la pièce voisine dont les portières venaient d'être soulevées par un page, s'éleva la voix pure d'Aléna, cette voix qui semblait venir du ciel, tant elle en répétait les cantiques avec une pieuse inspiration.

La jeune femme se tenait debout. Une longue robe de satin blanc brodée de fleurs d'or modelait ses formes sveltes ; un large ruban bleu, passant sur l'une de ses épaules, soutenait l'orgue portatif, en forme de reliquaire, dont sa main droite effleurait les touches d'ivoire ; ses longs cheveux blonds flottaient sous un hennin couvert de perles ; le long voile partant de sa corne aiguë se développait ainsi que deux ailes légères.

— O ma sainte Cécile ! s'écria Hugo.

Puis, détachant de son cou une lourde chaîne d'or, van Goës, se dirigeant vers une fenêtre ouverte, la lança sur la place encombrée à cette heure de pauvres gens.

— Je suis trop heureux ! murmura-t-il ; Ofhuys a raison, je suis trop heureux !

Charles le Hardi, qui venait de surprendre le mouvement d'Hugo, sourit avec une douce raillerie.

— Fi ! mon ami, lui dit-il, paraît-on sans collier à ma cour ? Point ne serait assez élégante la tenue d'un de mes plus chers artistes. Je comprends que vous ayez dédaigné la chaîne que vous portiez ; acceptez celle-ci en souvenir de moi : le fermoir est à mes armes et porte une fière devise.

Et le prince, ôtant de son cou un collier enrichi de pierreries, l'agrafa lui-même sur la poitrine de van Goës.

Le lendemain, le prince faisait prévenir son argentier qu'il eût à payer, sur sa cassette, une riche pension à l'artiste dont il souhaitait garder tous les chefs-d'œuvre.

Hugo, en dépit des paroles d'Ofhuys, moins empreintes de découragement que de philosophie chrétienne, en dépit des amicale

plaisanteries d'Hémling, jeta l'ancre au sein de la félicité. Oui, si
jamais homme fut heureux, ce fut van Goës! En lui le cœur et
l'orgueil, les aspirations vers la renommée, les besoins d'amitié se
trouvaient satisfaits avec une égale puissance. La jeune et belle
créature qui avait uni sa vie à la sienne le chérissait profondément,
et, plus d'une fois, tenant dans ses mains la main d'Aléna, Hugo
s'écria :

— Je suis trop heureux! oui, je suis trop heureux!

Un seul souhait, timidement formulé, restait cependant au fond
de son âme. L'homme qui connaît la fragilité de la vie éprouve le
besoin de la prolonger dans une autre vie greffée sur la sienne.
Il veut un but à ses efforts. Il souhaite léguer à un être cher sa
fortune, sa renommée, son souvenir. L'enfant devient le complé-
ment de son existence. Hugo comprenait d'autant mieux qu'un
souhait lui restait à former, qu'il était chaque jour témoin de l'ardente sollicitude du duc de Bourgogne pour la petite princesse
Marie. Charles le Hardi, qui osait lutter contre Louis XI en prenant le parti de ses ennemis contre le roi d'Angleterre, en accueillant son frère proscrit, Charles le Hardi, qui ne connaissait d'autre
loi que son vouloir, cédait sans honte aux fantaisies de sa fille.
Elle remplaçait pour lui les tendresses prématurément brisées, et
ses baisers lui faisaient oublier le père dont il portait encore le
deuil.

Un nuage obscurcit son bonheur. (*Voir page* 134.)

XII

L'ANGE ATTENDU

Hugo devint jaloux de son maître, ou plutôt il souhaita voir un berceau dans sa maison, comme il avait souhaité qu'Aléna en fran-

chit le seuil dès le premier matin où il la vit, les bras remplis de
roses, au milieu d'un vol de passereaux et de colombes.

Dès lors, un nuage obscurcit son bonheur.

Aléna le vit souvent préoccupé, pensif, sans parvenir à lui arracher le secret de sa tristesse. Elle-même s'en affligea et se demanda si l'affection d'Hugo ne subissait pas le sort de tous les sentiments humains.

Mais elle eut à peine le temps de supplier le ciel de lui garder la
tendresse exclusive de Hugo car, un jour, écrasée par la joie,
vaincue par une émotion indéfinissable dont l'excès ressemblait
presque à une souffrance, elle tomba dans les bras de son mari en
murmurant :

— Hugo, jure-moi de bien aimer notre enfant!

Van Goës répondit à sa femme par un cri de triomphe. Le vœu
suprême qu'il pût former en ce monde venait d'être exaucé. Pendant toute la soirée, Aléna chanta des hymnes de Noël ; il lui semblait voir, dans les profondeurs du ciel, les anges chargés de mettre
un petit enfant dans ses bras.

A partir de ce moment, Hugo van Goës et sa femme eurent une
pensée, une espérance unique : l'enfant! Tout convergea d'avance
vers ce petit être, objet d'une sollicitude constante.

Quand il vint au monde, Aléna voua la chère créature à Notre-
Dame-des-Neiges, que toute la Belgique tient en haute vénération,
et promit d'y faire un pèlerinage avec Hugo et Hubert.

Aléna ne tarda point à tenir sa parole, et, par une belle matinée
de printemps, la famille d'Hugo van Goës à laquelle s'était joint
Jacob Weyten, qui venait de terminer ses affaires de négoce, allait
partir pour se rendre au sanctuaire de la Vierge, quand Gaspar
Ofhuys parut sur le seuil.

En apprenant le but du voyage de son ami, Gaspar sourit doucement.

— Je t'accompagne, lui dit-il, fais seller un cheval pour moi ;
aussi bien, en sortant de la chapelle de Notre-Dame-des-Neiges, il
me semble que tu seras mieux disposé pour écouter mes confidences.

— Si j'en juge d'après l'expression de ton visage, elles sont graves, Gaspar.

— Fort graves, en effet, répondit le jeune homme.

La cavalcade se mit en marche. Aléna, commodément assise dans une litière, pressait contre son sein l'enfant qu'elle voulait placer sous la protection d'une mère divine. Son beau visage rayonnait, et les yeux d'Hugo se reposaient tour à tour sur sa femme et sur son enfant. Quelle force de tendresse il sentait alors en lui ! Avec quelle puissance il chérissait ces deux êtres dont l'un ne savait point comprendre encore combien il était aimé ! La joie, l'orgueil remplissaient à la fois l'âme de van Goës, et pour la millième fois il répétait :

— Je suis heureux ! je suis heureux !

Quand les pèlerins entrèrent dans la chapelle, Hugo fut frappé de l'expression de recueillement de Gaspar Ofhuys. Sans doute, il l'avait toujours connu pieux ; mais, depuis quelque temps, la ferveur du jeune homme grandissait : plus il se retirait de la foule, plus il se tournait vers Dieu. Les joies de la famille absorbant Hugo d'une façon croissante, il n'avait pu suivre jour par jour les changements qui s'étaient opérés dans le compagnon de ses jeunes années. Le visage de Gaspar s'imprégnait d'une expression nouvelle, ascétique et douce à la fois ; le regard, plus intérieur, dégageait une flamme pure ; le sourire effleurait rarement les lèvres graves ; le geste sobre paraissait contenu par la volonté.

Durant l'office, Gaspar resta les yeux fixés sur l'autel ; la lumière des vitraux, tombant sur son visage, lui communiquait un rayonnement surhumain. Il sortit le dernier et comme à regret du sanctuaire.

Aléna témoigna le désir de passer quelques heures dans la campagne ; le temps était beau, les fleurs embaumaient, le son argentin des cloches paraissait un écho des proses latines, et la vue des longues files de pèlerins se rendant à Notre-Dame-des-Neiges consolait les cœurs chrétiens.

Tandis que la jeune femme, deux de ses suivantes et Jacob Weyten se reposaient à l'ombre de grands chênes dont les branches formaient un dôme de feuillage, Gaspar Ofhuys prit doucement le bras de son ami et l'entraîna dans une allée plantée de jeunes arbres, embaumée du faible parfum des iris, et le long de laquelle coulait un ruisseau à demi caché sous des plantes ressemblant à de longues chevelures vertes. Le paysage était charmant. Le seul bruit que l'on entendit au loin était le chant des psaumes et les sons de la cloche; mais, loin de distraire les deux amis de leurs pensées, ces chants et ces harmonies en paraissaient l'accompagnement naturel.

Gaspar ralentissait progressivement le pas: il s'arrêta tout à fait, passa sa main sur le bras d'Hugo, et lui dit :

— L'on est bien, ici, pour se dire adieu...

— Adieu! répéta van Goës; tu quittes Bruxelles?

— Je quitte le monde... répondit Gaspar.

— Quel chagrin t'est survenu?

— Aucun.

— Alors je ne comprends pas.

— Tu vas me comprendre tout à l'heure, continua Gaspar, en reprenant le sentier obliquant vers un petit lac entouré de trembles.

— Non! fit Hugo, non, il n'entrera jamais dans mon esprit qu'un homme de ton âge, et dont la réputation grandissait si bien que l'on attendait de toi de belles et nobles œuvres, aille enfouir sa jeunesse et ses talents dans un monastère. Que te manque-t-il? pas même la faveur du prince, qui t'estime à l'égal de Philippe de Commines. Tu possèdes plus de revenus que tu n'en peux dépenser, et nous autres, d'ailleurs, nous sommes accoutumés à compter sur notre intelligence quand il nous faut des poignées de ducats... Je te croyais ambitieux...

— Je le suis! répondit Gaspar Ofhuys avec un sourire, plus que tu ne le crois... Écoute-moi patiemment, c'est l'histoire d'une âme que je veux te faire connaître... Et qui sait si, plus tard, tu ne te souviendras pas de notre entretien, dans cette belle et paisible campagne, à deux pas d'un sanctuaire vénéré?... Oui, tu as raison de le dire, je suis ambitieux... Tout enfant, à l'époque où, d'ordinaire,

on se préoccupe des jeux du lendemain, je me demandais déjà : —
« Que serai-je? » — Je sentais, je devinais que j'avais une destinée. Il n'était pas possible que je marchasse toute ma vie dans les
chemins battus par la foule. Je comprenais qu'une prédestination
existait pour moi. Je me répétais : — J'ai un avenir... — Mes études
furent assez brillantes pour que ma famille me destinât aux lettres.
J'avais fait de la gloire de l'éloquence la plus chère de mes ambitions, et je puis dire comme Grégoire de Nazianze « qu'elle a possédé mon cœur ». Ce fut vers cette époque que nous nous rencon-
trâmes, et tu te souviens de la fièvre avec laquelle je travaillais pour
mériter un succès éclatant. Sous quelle forme serais-je éloquent?
peu m'importait. Je composais tour à tour des *mystères* et des discours, des pages d'histoire et des poèmes. Des ailes m'étaient
venues, je les voyais. Je dois l'avouer avec honte, mes premiers
succès m'étourdirent un peu; cette ferveur de l'enfance s'affaiblit;
l'ambition ne parvint pas à l'étouffer, mais l'ivraie grandit avec le
froment. Ce dont je ne saurais jamais assez bénir le ciel, c'est que
ni mes travaux touchant au théâtre, ni la compagnie de jeunes
hommes dont un certain nombre mêlait le travail à la dissipation
ne purent m'entraîner dans la voie des plaisirs faciles. Je ne sais si
je respectais à cette heure mon âme, ou ce que tu appelles mon
génie; mais ma jeunesse demeura exempte de ces fautes pour lesquelles le monde dépense une indulgence facile. Je restai pur,
moins pour rester pieux que pour devenir grand. Je ne voulais
remplir ma pensée que des créations de mon intelligence, mon cœur
que de nobles amitiés.

La voix de Gaspar s'altéra légèrement.

— Jamais tu ne sauras combien tu m'es cher, dit-il en serrant
les mains de van Goës, non, jamais!

— Si, répondit Hugo, car cette affection, je te la rends...

— Pendant quatre ans, reprit Gaspar, je vécus dans une grande
excitation d'esprit. La gloire humaine que j'avais si fort convoitée
payait mon travail et mon espérance. Charles le Hardi me témoignait hautement sa faveur; je marchais l'égal des plus fiers gentils-

hommes, et j'oubliais la source même des biens dont je jouissais...
Un jour, je fus pris du désir de faire copier mon manuscrit du
Jardin des lys par les mains d'un moine du Cloître Rouge, dont
l'habileté des copistes était connue de tous. Je me rendis au couvent, je remis mon poème à l'un des Frères, et, après lui avoir
expliqué ce que je souhaitais de son talent, je le priai de me montrer l'abbaye. Le charme de cette retraite, un peu de fatigue, les
affectueuses sollicitations des moines m'engagèrent à y passer
plusieurs jours. Je vis de près des hommes plus doctes que moi, et
cependant plus humbles. Je comparai la grandeur de leurs espérances à la petitesse de mes ambitions. La vie du cloître me saisit,
m'absorba, et il me sembla soudainement que, pour la première
fois, je voyais clair dans mon âme.

L'existence cénobitique n'est-elle point l'idéal de la perfection
humaine et le dernier mot du bonheur? Dans quel milieu plus
calme et plus grand composerais-je jamais mes poèmes? Après ce
labeur dont seuls nous connaissons les joies, quelle serait ma récompense? Il ne s'agirait plus d'applaudissements dont l'écho
s'éteint si vite, de gloire enviée de tous, d'un bonheur fragile; mais
d'une espérance céleste, d'une joie sans ombre, d'un prix ineffable,
éternel : de ce travail entrepris pour Dieu, Dieu même deviendrait
la récompense. Du jour où cette pensée pénétra dans mon esprit,
elle s'en empara d'une façon absolue. Je resserrai le cadre de mes
travaux, je ne voulus plus m'occuper d'œuvres en dehors de mes
croyances; le monde me parut vide, et je me jurai de m'enfermer
dans un désert afin de me retrouver moi-même.

— Ainsi, demanda Hugo van Goës, c'est à l'influence exercée
sur toi par cette visite au Cloître Rouge qu'il faut attribuer les
œuvres nouvelles, dont la beauté l'emporte de beaucoup sur les
anciennes?

— Oui, répondit Gaspar.

— Tu restas longtemps au monastère?

— Je m'y étais rendu pour deux jours, j'y demeurai trois mois.

— Et, sans nul doute, le Supérieur encouragea tes projets?

— Il commença par me soumettre à une épreuve.

— Laquelle?

— Il m'obligea à passer de nouveau six mois dans le monde.

— Tu as obéi?

— Avec d'autant plus de joie que j'étais sûr de moi. Je me montrai assidu chez le duc de Bourgogne; on représenta mes trois derniers *Mystères*. Je me vis louer, acclamer, fêter; la main d'une des plus riches héritières de Bruxelles me fut offerte.

« Les biens de la terre se présentèrent à moi sous mille formes, et chaque fois que je sortais d'une représentation durant laquelle on m'avait applaudi, chaque fois que l'or, la tendresse ou la renommée vinrent à moi, je détournai la tête en pensant : « Rendez-moi le cloître, un crucifix et une tête de mort. »

— Un pareil détachement...

— N'est point aussi héroïque qu'il te semble, Hugo ; ce que nous ne quittons pas volontairement ne tarde point à nous abandonner... Celui qui s'enivre le plus des applaudissements de la foule cesse de les entendre au fond de son tombeau... Ceux que nous chérissons peuvent être brusquement arrachés de nos bras... Pourquoi fixer notre cœur à jamais, quand ce cœur se brise pour un mot, se noie dans une larme?... Je me donne à Dieu dans ma force, dans la verdeur de mon esprit, dans la pureté de ma jeunesse. J'accomplis un sacrifice, dis-tu? Dieu ne m'en demanderait-il point de plus grands un jour, si je résistais à sa voix?... J'aime les lettres : j'écrirai encore, j'écrirai toujours. L'enthousiasme ne s'éteint pas à l'ombre de l'autel, et si les lauriers que j'estimais tant jadis cessent de me tenter, c'est que je vole à la conquête d'une palme immortelle... Je me sens le cœur trop ardent pour songer que l'objet de cet amour peut disparaître, ou que mon propre cœur cessera de brûler. Mon idéal est trop pur pour que je me contente de chérir une créature... Je me donne à l'immortelle vérité, à l'amour sans fin !

Gaspar s'était arrêté en face d'Hugo; il lui parlait d'une voix vibrante, et le reflet d'un saint enthousiasme brillait sur son visage.

— Je te regrette, lui dit van Goës, je ne te pleure pas !

— Le Cloître Rouge est voisin de Bruxelles, tu pourras y venir, et je ne doute point que, dans le calme qu'on y respire, tu ne trouves de nobles inspirations.

Hugo van Goës étendit la main du côté de la chapelle de Notre-Dame-des-Neiges.

Aléna, surprise de ne point voir revenir son mari, venait au-devant de lui, son enfant dans les bras, et suivie par deux femmes de service.

— Voilà, dit Hugo en la désignant, mon inspiration et ma vie !

L'artiste rejoignit Aléna, et une demi-heure après les pèlerins reprenaient la route de Bruxelles.

— Adieu donc, mon ami, mon frère ! dit van Goës à Gaspar.

— Non, au revoir ! j'attends de toi une promesse.

— Laquelle ?

— Tu assisteras à ma prise d'habit.

— Je te le jure ! répondit Hugo.

Et, si courageux qu'il fût, van Goës se détourna pour cacher une larme qui roulait sur sa joue.

XIII

LES REGRETS D'ALÉNA

Un matin, deux messagers s'arrêtèrent à la fois devant le logis de Hugo van Goës.

L'artiste se trouvait dans son atelier. Assise à quelques pas de lui, sur un siège de forme antique, Aléna, tenant son bel enfant couché sur ses genoux, posait devant son mari qui, d'après ce groupe charmant, esquissait un repos en Égypte. Jacob Weyten, debout, regardait avec sollicitude la jeune mère et le petit ange endormi. A côté d'Aléna se trouvait une magnifique touffe de lis,

et Hugo suivant l'habitude des maîtres, qui désignaient leurs ma-
dones par un des détails du tableau, appelait par avance sa grande
toile : *La Vierge aux lis.*

L'atelier d'Hugo van Goës était vaste, éclairé par de hautes ver-
rières, tendu de tapisseries rares, enrichi de meubles précieuse-
ment fouillés et d'œuvres d'art remarquables. Sur de nombreux
chevalets se trouvaient des tableaux achevés, des esquisses, des
ébauches auxquelles il ne manquait qu'un coup de pinceau, un effet
de lumière. Des tapis soyeux couvraient le sol, et de grands vases
de fleurs disposés avec art changeaient presque en une serre de
plantes fragiles le sanctuaire de l'art recueilli. Hugo van Goës
affirmait avoir besoin de la vue de frêles arbustes, de corolles épanouies, pour imaginer les paysages charmants et d'idéal aspect servant de fond à ses figures de saintes et de vierges.

L'artiste venait de poser sa palette sur un escabeau, et il se reculait pour juger de l'effet d'une touche habile, quand un page soulevant une portière introduisit deux messagers.

— De la part de mon noble maître, monseigneur Charles de
Bourgogne, dit le premier en présentant une lettre entourée d'un
lacet de soie rouge.

— De la part de Frère Othyus, novice de l'abbaye du Cloître
Rouge, dit le second courrier en tendant à l'artiste un parchemin
fermé à la cire.

La tendresse d'Hugo pour le compagnon de son enfance le portait
à lire d'abord la missive de l'ami, mais le respect lui interdisait de
faire attendre l'envoyé du prince, et ce fut la lettre de Charles le
Hardi qu'il parcourut la première.

Tandis qu'il la lisait, un fier sourire passait sur sa lèvre.

— Répondez à monseigneur que je me rendrai à son invitation,
et offrez-lui mes humbles respects.

Le page se retira en saluant.

— De quoi s'agit-il? demanda Aléna.

— D'une satisfaction d'amour-propre pour moi, et pour toi d'un
plaisir.

— Que te promet le duc?

— Un titre de noblesse.

— A quel plaisir nous convie-t-il?

— A une fête sur la Senne. Il y aura concerts, joute sur l'eau, merveilleuses illuminations, toute la cour y assistera, et tu peux croire, chère Aléna, que les invitations sont recherchées.

La jeune femme ne répondit pas, elle prit son enfant, et, le tenant debout sur sa poitrine, elle mit un baiser sur l'un de ses pieds nus. Son visage exprimait plus de tristesse que de joie. A l'annonce de la fête qui semblait si fort intéresser Hugo, Aléna courba le front avec une sorte de lassitude. Un moment, elle fut sur le point d'exprimer sa pensée, mais son mari paraissait si heureux qu'elle garda le silence.

Van Goës ouvrit la seconde lettre.

— Vois, dit-il en la tendant à sa femme.

— Certes! certes! s'écria la jeune mère, nous irons au Cloître Rouge le jour où Gaspar Ofhuys prendra l'habit de saint Augustin. Aucune cérémonie ne m'a jamais semblé plus pieuse et plus touchante que le renoncement au monde d'un homme intelligent, jeune et beau comme ton ami. Répondez au nom de mon mari comme au mien, ajouta Aléna en se tournant vers le messager, que nous assisterons avec grand recueillement à cette pieuse cérémonie.

Le jeune garçon qui venait de la part d'Ofhuys se retira en saluant, les yeux baissés.

Hugo reprit sa palette, Aléna retrouva sa première pose, et l'artiste demanda à sa femme :

— Ne crains-tu pas que le voyage au Cloître Rouge te fatigue?

— Nullement, répondit Aléna avec vivacité. Je tiens beaucoup à donner à ton ami cette preuve de souvenir.

— Mais, à peine revenu de l'abbaye, tu devras t'occuper de ta parure pour la fête du soir.

— Ah! fit Aléna, l'invitation du prince est pour le même jour?

— Oui; si tu redoutais l'excès de lassitude, je me rendrais seul

à l'abbaye. Ofhuys sait combien ta santé est délicate depuis la naissance d'Hubert, il t'excuserait.

— Et moi je ne me pardonnerais pas... Crois-le d'ailleurs, Hugo,
je rapporterai du Cloître Rouge des pensées mille fois plus consolantes et des souvenirs bien plus chers que de la fête de Charles de
Bourgogne... Je n'aime ni le bruit ni l'éclat... Entre mon père,
mon mari et mon enfant, je me trouve complètement heureuse...
Pour me distraire, n'ai-je point l'orgue merveilleux dont tu m'as
fait présent, les broderies que j'exécute pour de saintes chapelles?...
Tu le sais, Hugo, quand tu me trouvas dans la maison de Gand,
cachée sous les roses et dont le jardin s'emplissait d'oiseaux, je ne
connaissais d'autres joies que celles d'aller le matin à l'église de
Saint-Bavon, et de distribuer à mon retour les aumônes confiées
par mon père... Le bruit et les plaisirs m'étourdissent sans me
charmer...

— Quoi! s'écria Hugo van Goës, tu ne te trouves pas heureuse?

— N'exagère point la portée de mes paroles, ami; je te sais gré
de multiplier autour de moi des distractions dont une autre s'esti-
merait grandement satisfaite; mais, ne t'y trompe pas, ton affectueuse intention me touche seule... Je me promène au milieu des
groupes brillants assistant à ces fêtes, et je m'y trouve isolée... Ma
vie n'est pas là, mon âme s'effarouche; ma pensée s'attriste et me
retombe sur le cœur quand je vois la folie du plaisir entraîner les
autres... Hugo, ne l'oublie jamais... ton Aléna est restée l'Abigaïl
de la maison de Gand.

Van Goës prit les mains de sa femme.

— Pourquoi me dis-tu ces choses aujourd'hui seulement?

— Dans la crainte de t'affliger, je me faisais violence. Pour te
plaire, je revêtais de magnifiques parures et je souriais... Mais, dans
le fond de mon âme, je regrettais la grande cour remplie par mes
pauvres, le jardin embaumé et les oiseaux dont j'étais la charmeuse..

Hugo secoua la tête.

— Je me suis trompé, dit-il, je me suis trompé...

— Puis, reprit la jeune femme, il me semble souvent qu'Hubert

deviendrait plus robuste au milieu de notre campagne de Gand...
L'air est si pur, là-bas !

— Tu souhaites quitter Bruxelles? demanda van Goës.

— Je veux ce que tu veux, ami...

— Je le sais... Mais enfin tu serais heureuse de retourner à Gand?

— Oui, répondit-elle, bien heureuse.

— Alors nous partirons, répondit l'artiste. Quand je demandai
ta main à ton père, je répondis de la félicité en ce monde, et je tiens
toujours la parole donnée...

— Tu es bon ! tu es bon ! s'écria la jeune femme... Je puis bien
te l'avouer maintenant, l'air de Bruxelles me paraissait étouffant...
Je n'avais plus mon grand jardin rempli d'ombrage, la maison
cessait de m'être familière... C'est dans l'autre que j'ai grandi...
chaque pièce, chaque meuble me rappelle des souvenirs... Père !
père ! comprends-tu ma joie? Je retrouverai le logis paré, enrichi
pour mes yeux, les belles églises dans lesquelles je priai toute
enfant, la fresque d'*Abigaïl et David* à laquelle je dois un mari, et
l'ange qui dort sur mes genoux.

Jacob Weyten serra la main de van Goës.

— Merci, lui dit-il, merci !

— Ce départ vous réjouit donc?

— Plus que je ne saurais vous le dire.

— Ainsi, tous deux vous souffriez sans me l'avouer?

Jacob Weyten ajouta plus bas :

— Mon Aléna devenait bien pâle...

Puis serrant la main de son gendre :

— Soyez béni ! dit-il, béni à l'égal d'un fils... je n'assisterai point
aux fêtes données sur la Senne par notre gracieux duc... Et, puisque vous devez prochainement revenir à Gand, mieux vaut que je
prenne les devants afin que tout soit prêt pour le retour de la famille... Je quitterai Bruxelles ce soir.

— Et moi dans huit jours, dit van Goës; j'ai maintenant autant
de hâte qu'Aléna et que vous-même de me retrouver dans votre
chère maison.

Las du monde, il menait une vie érémitique. (*Voir page* 150.)

XIII

LES REGRETS D'ALÉNA (*suite*)

Il fallut peu de temps à Jacob pour préparer son départ. Après le repas du soir, quand la grande chaleur fut tombée, il monta sur un robuste cheval, et, suivi de deux serviteurs, il prit la route de Gand après avoir vingt fois adressé des signes d'adieu à son petit-fils souriant dans les bras de la jeune mère.

Pendant toute la soirée, Aléna se montra si joyeuse que van Goës comprit, à l'expansion de son bonheur, combien elle avait étouffé de troubles et de secrètes angoisses. Le départ de son père précédait le sien de si près qu'elle ne pouvait s'en affliger. Si van Goës ne lui eût prouvé qu'elle avait beaucoup plus de temps qu'il n'était nécessaire, elle eût tout de suite commencé ses préparatifs de voyage.

— Ma chérie, lui dit doucement son mari, je cède à ton désir avec grande joie ; mais j'exige de toi une complaisance.

— Laquelle ? demanda Aléna avec une sorte d'inquiétude.

— Oh ! sois tranquille, elle te coûtera peu, et beaucoup de femmes remercieraient leur mari d'une semblable exigence.

— Explique-toi vite, Hugo.

— Pour la dernière fois, peut-être, tu assisteras à une fête de la cour : eh bien ! je souhaite que ta parure soit magnifique... Tu me laisseras dessiner pour toi un costume que ta beauté te permet de porter seule entre toutes les jeunes femmes de Bruxelles... Tu mettras tous tes diamants, et j'ai presque envie de t'en acheter de nouveaux...

— N'en fais rien ! dit Aléna. A Gand, je retrouverai nos pauvres...

— Tu me permets, du moins, de m'occuper de ton costume ?

— Il le faut bien, tyran ! J'eusse préféré assister à la fête du duc avec cette toilette rose passementée d'argent que j'ai mise deux fois à peine... mais, enfin, tu m'accordes assez pour que je ne te refuse point le plaisir de prouver à tous combien ta femme t'est chère...

— Chère ! s'écria van Goës, ce mot ne suffit point pour peindre la tendresse que tu m'inspires... Avant de te rencontrer, je fermais mon cœur dans la crainte d'en profaner une seule pensée ; du jour où tu m'apparus, tu devins mon espérance et ma joie... Je ne te dois pas seulement le bonheur, je sens que tu deviens la meilleure moitié de ce que l'on appelle mon génie... C'est ton cher visage qui, malgré moi, revient sans cesse sous mes pinceaux... Je te vois à toute heure et cette joie me semble toujours nouvelle... Tu es ma vie, tu es mon âme.

— Prends garde! dit Aléna doucement; si haut que tu me places dans ta pensée, je ne suis cependant qu'une créature faible et périssable... Dieu me prête à toi, ne me préfère jamais à lui! Si légitimes, si grandes que soient les tendresses de la terre, le Seigneur s'en montre jaloux... Ne transforme pas ton amour en idolâtrie, il me semble que cela me porterait malheur...

— Est-ce ma faute si tu es si belle?

— Cette beauté est un don fragile, Hugo! une maladie peut me la ravir... Si ta tendresse n'a pas d'autre objet, j'ai grandement le droit de craindre...

— Non, car ton intelligence surpasse cette même beauté dont je suis épris, dont je reste fier.

— Hélas! Hugo, cette intelligence qui me permet d'apprécier le beau, d'applaudir à tes œuvres, de comprendre davantage et de mieux admirer les merveilles de la création; cette intelligence qui verse en quelque sorte des rayonnements en moi, quand je lis et médite les pages de l'Écriture, peut vaciller et s'éteindre comme mon souffle éteindrait ce flambeau.

— Humble et douce femme! dit van Goës; si tu ne tires vanité d'aucun des dons dont une autre serait si fière, tu peux du moins bénir Dieu pour les vertus qu'il t'a données... ces vertus qui te font bénir, admirer, dont je suis le premier à reconnaître l'empire... ces vertus qui font souvent que je me demande si tu n'es pas une sainte trop parfaite pour habiter ce monde...

— Non! non! fit Aléna, je ne suis pas une sainte; j'ai souvent craint de n'avoir nul mérite à faire l'aumône, tant j'y trouvais de bonheur; à prier, tant j'y puisais de consolation... Ne détache pas ton cœur de moi, Hugo, mais préfère à la compagne de ta vie, Dieu qui te l'a donnée et qui garde le droit de te la reprendre...

— Tais-toi! s'écria Hugo en posant doucement la main sur la bouche de sa femme. Tais-toi! si je te perdais.`.

— Il faudrait te résigner.

— Je mourrais! dit Hugo d'une voix sombre. Je ne possède ni la vertu ni ta résignation... Je ne porterais point mes douleurs au pied du Calvaire; je sens que l'élément même de la vie se briserait en moi... Mourir! toi, mourir, Aléna! Mais cette seule pensée fait affluer le sang à mon cœur jusqu'à m'étouffer... Ne me dis jamais de semblables choses : la crainte seule me rendrait fou!

— Calme-toi! dit Aléna d'une voix douce; viens à cette fenêtre et regarde la nuit si belle et si pure... Comme ce dôme d'azur est profond!... Il me semble, parfois, distinguer au milieu du scintillement des étoiles les palpitations d'ailes des anges chargés de les accompagner dans leurs évolutions mystérieuses... La terre est splendide, Hugo, le ciel est plus magnifique encore... La forme de la terre est trop déterminée, nous en suivons trop facilement les contours; je préfère le ciel qui me donne l'idée de l'infini... Nous parlions de la mort, tout à l'heure : certes, elle est déchirante; la séparation brise deux cœurs, le vide se creuse dans l'âme de celui qui reste en exil; mais la mort absolue n'existe pas pour nous... A peine le trépas a-t-il clos nos yeux que nous renaissons à l'éternelle vie; l'âme rayonne dans le bonheur et dans la gloire; du sein des félicités éternelles, elle se penche vers l'ami dont elle fut séparée, elle le console, elle l'attire... La mort est une séparation bien vite abrégée par la rapidité de la vie... On se retrouve, Hugo, on s'aime encore et mille fois davantage au ciel.

— Tu deviens cruelle! fit van Goës.

Aléna quitta la fenêtre, puis elle entraîna son mari vers le berceau du petit Hubert.

— Prions pour lui, dit-elle.

Ils s'agenouillèrent, la main dans la main, et de leurs cœurs remplis d'une même foi et d'une égale tendresse jaillit la plus ardente des prières pour l'innocent qui sommeillait, bercé par ses rêves.

Un moment après, Aléna se dirigeait vers son appartement, et van Goës, rentrant dans son atelier, commençait à dessiner le costume qu'il souhaitait voir porter par sa femme, le jour de la fête nautique donnée par le duc de Bourgogne.

A l'est et au midi de la ville de Bruxelles régnait une ceinture de lacs charmants habités par des cygnes; ces lacs demeuraient enserrés dans une forêt dont l'étendue dépassait 10.000 arpents. Les loups abondaient dans ces bois, et les aurochs s'y réfugiaient, sûrs qu'aucun chasseur n'oserait se hasarder à y poursuivre les derniers vestiges d'une race de monstres prêts à disparaître, et formant pour ainsi dire le dernier anneau de la chaîne vivante, rapprochant de notre faune amoindrie les gigantesques animaux des époques antédiluviennes. A l'ombre de ces forêts immenses qui avaient vu célébrer les sacrifices des anciens Gaulois, dont chaque géant végétal avait porté des trophées et reçu le culte mystérieux, se conservait la redoutable puissance des derniers prêtres des idoles; et Soignes, sans doute par opposition avec les profondes ténèbres dont elle restait environnée, empruntait son nom à Apollon : *Soinus-Bosch,* le bois du soleil. Le bouleau, le chêne, l'érable, le tremble envahissaient le sol ; des halliers de ronces et d'épines entravaient les pas; dans ces ténèbres que jamais n'éclairait un rayon, une terreur superstitieuse s'emparait des âmes ; et l'homme, pénétré de crainte et d'horreur, offrait un tribut d'adoration et de sacrifice aux chênes énormes, aux érables majestueux.

Nous ne pouvons guère nous représenter aujourd'hui ces masses de bois sombres, impénétrables, couvrant les vallées, escaladant les monts, descendant les pentes et remplissant comme une mer de feuillage les fonds marécageux. Ils descendaient jusqu'au bord des fleuves, et la mer baignait souvent leurs puissantes racines. Çà et là, des cours d'eau creusaient des étangs; les troncs renversés, les racines, les branches mortes traversaient les rivières et les marécages; et si, par hasard, des voyageurs aventureux tentaient de se frayer un passage au milieu des bois, des ravines et des marnières, ils s'y engloutissaient sans espoir de secours et de salut.

Dès les premiers siècles, quand un homme était las du bruit
du monde, dégoûté de ses semblants de bonheur, il choisissait
pour asile ces forêts redoutables et y menait la vie érémitique.
Cet exemple était bientôt suivi par d'autres et des groupements de
cénobites se formèrent. Ils ne craignaient point la nuit, car une
lumière était au dedans d'eux; ils ne redoutaient pas la solitude :
celui qu'ils aimaient par-dessus toute chose les suivait dans le
désert. Ils allaient devant eux, poussés par une force irrésistible,
ne demandant que le mystère et la paix. Une robe de bure suffi-
sait pour leur vêtement. Ils cachaient dans leur poitrine une copie
des Évangiles; un bâton à la main, une hache sur l'épaule, ils
s'enfonçaient dans les solitudes. Si quelque caverne sombre ne
s'ouvrait pas devant eux, ils abattaient des troncs d'arbres, les
équarrissaient grossièrement, formaient une cabane au toit aplati,
arrachaient quelques poignées de mousse, liaient ensemble deux
branches d'arbres, et trouvaient qu'il ne leur manquait plus rien,
de l'heure où ils possédaient l'abri et l'autel. De longues années se
passaient quelquefois pour eux dans une solitude absolue. Afin de
pourvoir à leur subsistance, il semaient quelques poignées de blé
dans une éclaircie de la forêt, et cuisaient leur pain sous la cendre.
Leur voix s'élevait le jour et la nuit dans la solitude ; et si, dans
leurs promenades, ils découvraient un arbre géant portant encore
les traces d'un culte impie, ils remplaçaient les signes druidi-
ques par le Calvaire. Ces hommes étaient, pour la plupart, de ceux
que le monde avait connus, entourés, aimés ; ils connaissaient ce
que valent la fortune et la gloire et, pris soudainement du mépris
des joies matérielles, ils s'étaient enfuis vers le désert, afin d'y
poursuivre la recherche exclusive de la vie éternelle. Ils sortaient
avec hâte, avec joie, d'un monde décrépit, ravagé, gangrené, pour
se jeter dans celui dont Dieu leur donnait le dernier mot. Mais,
tandis que ces hommes croyaient simplement céder au besoin de
ne plus vivre que pour le ciel, ils obéissaient à une force providen-
tielle qui les poussait vers le désert afin d'y introduire avec eux
la civilisation.

Souvent, à la porte de leur cellule, un voyageur fatigué frappait vers le soir ; lui aussi demandait la paix, et souhaitait se vouer à la vie cénobitique. L'anachorète accueillait cet hôte avec reconnaissance. Il partageait avec lui son pain grossier, ses fruits, ses racines ; deux voix s'élevaient alors dans la nuit, et, le lendemain, le voyageur demandait avec l'accent de la prière :

— Permettez-moi de bâtir une cellule près de la vôtre.

Il n'était pas rare non plus qu'un homme accusé d'un crime ou flétri par la loi, après avoir erré dans la forêt, découvrît la retraite des ermites ; la faim, plus impérieuse que les craintes, le poussait à demander du secours. Banni, sans nom, rongé par les remords, il tombait à genoux, avouait en pleurant son crime ou sa faute, et demandait à servir comme un esclave ceux qui l'avaient accueilli et consolé. Les solitaires le relevaient en pleurant de joie, et une troisième cabane s'élevait à côté des deux autres. Si par hasard un riche seigneur, emporté par l'ardeur de la chasse, se trouvait en face des ermites, il leur demandait des prières, et, désirant que l'on parlât souvent de lui à Dieu, il sacrifiait une forte somme à l'érection d'un monastère.

Saintes ruches du travail ! sanctuaires pieux ! vous ne tardiez point à vous remplir de moines austères, de novices fervents. La croix du couvent montait triomphante vers le ciel ; en même temps, la terre changeait progressivement d'aspect. Chaque moine partageait son temps entre la prière et le labeur manuel ; les arbres antiques tombaient sous la hache ; à la place des halliers inextricables s'étendaient des champs cultivés. Des ouvriers se groupaient autour de l'abbaye ; une ceinture de villages l'entourait, et l'œuvre de défrichement, de civilisation, s'agrandissait d'une façon persistante. Outre le blé, les moines cultivaient la vigne ; ils élevaient des abeilles, taillaient les arbres, plantaient des vergers. Après le crucifix sur lequel s'étaient tant de fois collées leurs lèvres, point de relique plus touchante que la charrue qu'ils avaient conduite dans ces terrains pierreux, couverts de broussailles et de souches d'arbres

abattus, poursuivant leur miraculeuse transformation du désert in-
culte en campagne fertile.

On a fait grand bruit, de nos jours, de la fortune des abbayes; on
applaudit à la Révolution qui les spolia; il semble que les terres
ayant appartenu à chacune d'elles fussent le produit d'un vol et une
usurpation. Si nous nous reportons cependant à la fondation des divers couvents de l'Europe, nous leur trouverons une origine iden-
tique : un prince ou un gentilhomme, touché de la ferveur et de la
pauvreté de quelques cénobites, leur a fait don de terrains incultes,
tantôt situés au sommet d'une montagne pierreuse, tantôt s'éten-
dant en larges espaces boisés. Jusqu'à ce moment, les chevriers
n'osaient y faire paître leurs troupeaux, et le bûcheron n'y portait
pas la cognée. La vie d'un homme se serait usée dans des tentatives
stériles de défrichement; il fallait, pour venir à bout de ce travail
colossal, compter sur les générations successives d'hommes dévoués à la même œuvre, courbés sous le joug de l'obéissance et accoutumés à la sainte pauvreté. Ils bêchaient, semaient, récoltaient
non pour eux, mais pour la famille monastique. Peu leur importait
de ne jamais recueillir le fruit de leur labeur; ne possédant rien, ils
ne pouvaient attacher leur âme à ces biens fragiles. Les années se
suivaient, et chacune apportait son amélioration. La terre arable couvrait les rocs; la vigne drapait les coteaux; les vergers prodiguaient
leurs fruits dans les vallées; le blé mûrissait dans les champs. Le
village, qui s'était groupé près de l'abbaye naissante, faisait place à
une ville florissante; la prospérité du monastère était devenue la
fortune des pauvres et des artisans. Le voyageur trouvait un abri
dans l'abbaye, le pèlerin s'y reposait de ses fatigues; le mendiant
prenait ses repas dans les vastes cours et recevait des remèdes durant ses maladies et des vêtements pour se défendre du froid. Privé
de tout dans sa demeure, il trouvait tout en abondance dans le monastère. On l'y servait comme l'hôte de Dieu, l'envoyé de la Providence. Des traditions pieuses, ayant pour but de rendre plus affectueuse et plus sainte cette hospitalité, racontaient que l'on avait
trouvé plus d'une fois dans le lit d'un pèlerin un crucifix sanglant,

ou que le mendiant divin, se transfigurant tandis qu'il recevait l'aumône, avait soudainement disparu aux yeux de ceux qui lui disaient
adieu. Le désir de se rapprocher d'une sainte maison engageait les
gentilshommes à bâtir leurs castels dans le voisinage, leurs tombes
s'abritaient dans la chapelle; ils fondaient des prières et des messes,
et demandaient comme une grâce d'être ensevelis avec un habit
religieux. Au milieu d'une opulence ne profitant à aucun d'eux, les
moines demeuraient travailleurs et pauvres. Après avoir fertilisé
les déserts, ils sauvaient les trésors de la science antique, multi-
pliaient les manuscrits, écrivaient les chroniques et se livraient à
ces travaux immenses dont nous avons recueilli les fruits.

Sans doute, les monastères richement dotés ne ressemblaient
guère aux groupes de cabanes primitivement bâties dans le bois ;
mais l'esprit des hommes de Dieu restait le même. Ils priaient et
travaillaient comme aux premiers jours ; quiconque frappait à leur
porte, en demandant une robe de bure et la paix, pouvait laisser
derrière lui les soucis et les fardeaux du siècle.

La Belgique avait reçu de saint Géry, nommé évêque par saint
Magneric, prélat de Trèves, la première évangélisation ; une petite
chapelle, construite dans l'île formée par les bras de la Senne, reçut
les premiers chrétiens amenés à la foi par l'ardent apôtre ; plus
tard, le noble Vincent Magdelaire, issu par sa mère du sang royal
de France, venant en aide aux premiers missionnaires de la Belgique, sacrifia son immense fortune à l'édification de plusieurs abbayes, qui se groupèrent dans l'immense forêt de Soignes.

La duchesse Jeanne de Brabant donna pour la fondation du
Cloître Rouge un désert situé dans cette même forêt, à la condition
que les religieux y bâtiraient, à leurs frais, des habitations et des
cellules. Un chapelain de Sainte-Gudule fut chargé de la direction
des travaux, en même temps qu'un ermite très vénéré dans le pays.
La généreuse duchesse ne se borna point à cette fondation ; les
Sept-Fontaines s'élevèrent sur un territoire également offert par
elle en 1380, et Gilles Brodeyck, prêtre et chapelain d'Anderlecht,
eut l'honneur d'achever cette œuvre ; enfin Groenendal fut érigé en

1383 par deux chapelains de Sainte-Gudule, et grâce aux soins de
Jean Ruysbroeck, prêtre attaché à la même église, auteur mystique dont les livres eurent un grand retentissement, et qui termina
sa vie dans le monastère qu'il avait aidé à fonder.

La règle de saint Augustin ne tarda pas à être appliquée à ces
trois prieurés. Cette règle, écrite par l'évêque d'Hippone en 423,
divisée en vingt-quatre articles, et destinée primitivement à de
pauvres religieuses africaines, ressuscita sous Charlemagne et devint le code d'une grande famille monastique; la plupart des con-
grégations nouvelles s'inspiraient de son esprit, et les *chanoines*
réguliers en remplirent toutes les obligations. Lorsque, huit siècles
plus tard, l'ardent saint Dominique voulut se mettre à la tête d'un
groupe de religieux ayant pour mission de sauvegarder les intérêts
de la foi menacés par le débordement de l'hérésie, il choisit pour
règle de la nouvelle milice la constitution donnée par saint Augustin au monastère de sa sœur.

Le fils de sainte Monique, le plus grand des pères de l'Église,
n'exerça pas seulement une action puissante sur ses contemporains
par ses travaux et par ses écrits; sa doctrine et son génie se trans-
mirent à travers les siècles pour l'agrandissement, la prospérité, la
gloire de l'Église chrétienne, qui lui fut si chère, et de nos jours
encore, après quatorze siècles écoulés, subsistent les œuvres vives
de cet ordre si admirablement approprié à tous les besoins de l'esprit et du cœur de l'homme.

Nul plus que l'humble et admirable auteur des *Confessions* ne
pouvait enseigner la pratique de la vie cénobitique. Après sa con-
version, saint Augustin vécut en moine au milieu d'autres moines;
après avoir étudié les codes divers des premiers religieux, il trouva
que deux règles surtout devaient dominer la vie monacale : la pauvreté et le travail. Son exemple, l'éloquence de sa parole ne pouvaient manquer d'exercer une grande influence. Au sein de cette
Afrique, dont l'épouvantable immoralité dépassa la corruption du
monde romain, le fils de sainte Monique, l'ami d'Alypius, voulut
créer des asiles de pureté, de paix et de bénédiction.

Si l'historien Salvien nous a légué l'effrayant et fidèle tableau de la société païenne en Afrique, nous devons à saint Augustin des révélations merveilleuses sur les vertus pratiquées dans les couvents dont il couvrit le sol africain. Une sainte émulation porta les riches propriétaires du pays à faire don de parties considérables de leurs territoires, afin d'y construire des monastères. Ce fut grâce à ces munificences que l'évêque d'Hippone et à son exemple son cher Alypius, devenu évêque de Tagaste, créèrent pour les deux sexes des couvents remplis bientôt, les uns par des hommes qui venaient de renoncer au monde après en avoir connu les fausses joies, les autres par des vierges craintives, empressées d'échapper aux dangers dont le nom seul les faisait frémir.

Le premier monastère de femmes fondé à Hippone par saint Augustin eut pour Supérieure la sœur de l'éloquent évêque, et ce fut pour cette sœur bien-aimée, et pour les filles placées sous sa direction, que saint Augustin écrivit une règle, encore pratiquée aujourd'hui dans une branche immense de l'ordre monastique.

Nous avons dit qu'elle imposait le travail et la pauvreté. En revanche, elle donnait la paix, non point celle de ce monde, mais une douce et sainte paix qui devint le patrimoine inaliénable des moines ; paix admirable et profonde, dont l'intelligence ne nous est pas donnée, et dont les lutteurs de la vie n'ont jamais le secret ; paix divine, dont le règne commencé sur la terre se continue en s'agrandissant dans la radieuse éternité !

Combien Yves de Chartres l'appréciait, cette tranquillité parfaite, lui qui en a résumé toutes les joies dans ce passage :

« J'approuve la vie de ces hommes qui, trouvant le paradis dans la solitude, y vivent du travail de leurs mains, et qui cherchent à s'y refaire l'esprit par les douceurs de la vie contemplative ; qui boivent des lèvres et du cœur à la fontaine de vie, et oublient tout ce qui est derrière eux, pour ne regarder qu'en avant. Mais ni les plus secrètes forêts ni les plus hautes montagnes ne donnent le bonheur à l'homme, s'il n'a en lui-même la solitude de l'esprit, la paix de la conscience, les ascensions du ciel ! »

Et voilà ce qu'allaient demander au cloître des hommes dont un grand nombre avait expérimenté la vie : ils voulaient étancher la soif de leur âme, boire à pleines lèvres à l'intarissable fontaine d'eau vive, et trouver loin du monde les « ascensions du cœur, le *sursum corda* perpétuel qui nous révèle une partie des joies d'en haut ».

Depuis sa plus tendre jeunesse, Gaspard Ofhuys s'était senti attiré vers la vie monastique ; l'opposition de sa mère à ses secrets désirs, ses premiers triomphes littéraires lui firent oublier un moment ses rêves de solitude ; mais sa mère lui fut enlevée, et le sentiment de sa vocation s'empara de lui avec une nouvelle puissance. Il eut à lutter, cependant, non plus contre la tendre autorité d'une mère incapable d'offrir son enfant à Dieu, mais contre des amitiés tenant profondément à son cœur ; il faut le dire aussi, contre l'orgueil d'être regardé comme le meilleur poète de son temps, la satisfaction puissante d'entendre applaudir ses *Mystères* par des milliers de spectateurs enthousiastes. Il essaya de se tromper lui-même, de se persuader que la force intérieure qui le poussait vers le cloître était moins le résultat d'une volonté divine que l'entraînement de mystiques rêveries. Il lutta contre l'ange et fut dompté, ployé sous son genou vainqueur, et, quand il comprit enfin ce que voulait Dieu, il répondit en courbant la tête :

— *Fiat!*...

Vous aurez pour aide le nouvel hôte. (*Voir page* 158.)

XIV
FRÈRE GASPAR OFHUYS

Durant un mois, Gaspar Ofhuys régla ses affaires, vendit ses
biens, mit en ordre ses nombreux manuscrits; ensuite, prêt au dé-

part, il annonça sa résolution à van Goës le jour de son pèlerinage
à Notre-Dame-des-Neiges. Le soir même, Hemling apprenait que
son ami allait rejoindre, au Cloître Rouge, la grande et docte
famille des *Chanoines réguliers* de Saint-Augustin.

Quand Gaspar Ofhuys expliqua au Supérieur le besoin de repos
et de prière qui le poussait vers le cloître, celui-ci, loin de se
réjouir d'une conquête dont l'honneur pouvait être grand pour
l'Église, parut presque effrayé de la résolution du jeune homme.

— Mon ami, lui dit-il, vous avez mordu à tous les fruits des
bonheurs humains, et je me demande avec angoisse si vous ne
regretterez jamais les joies d'une grande renommée...

— C'est une fumée vaine, mon Père.

— Votre cœur forma sans doute de puissantes amitiés?

— Je les conserverai en les épurant.

— Votre amour de la gloire devra mourir, dans cette tombe anti-
cipée.

— J'accepte d'avance les plus humbles travaux.

— Vous devez renoncer à tout ce qui, ja-lis, vous fut cher.

— Je me renonce moi-même pour ne plus chercher que Dieu.

Ofhuys fit ces réponses d'une voix si calme, que le Père Saint-Géry
n'essaya pas de repousser celui qui venait lui demander une place
dans son monastère.

Le Supérieur le guida à travers les grands corridors, et lui
ouvrant la porte d'une cellule :

— La paix soit avec vous, mon fils! lui dit-il.

Le lendemain, Gaspar fut présenté aux Pères et aux novices du
Cloître Rouge.

Après l'office, l'abbé dit à un moine :

— Mon frère, vous aurez désormais pour aide dans vos travaux
de jardinage le nouvel hôte que le Seigneur nous envoie.

Et pendant tout le jour Gaspar bêcha, sarcla, planta, travaillant
comme un manœuvre, portant « le poids du jour et de la chaleur »
et paraissant oublier d'une façon absolue qu'il était le dramaturge
le plus applaudi du Brabant, l'historiographe d'un prince, l'ami de

Philippe de Commines, le compagnon d'Hemling et de Hugo van Goës, les premiers artistes de son temps.

Et, tandis qu'il travaillait de ses mains, il chantait au fond de son âme le divin cantique des forêts : « Vous sortirez avec allégresse et vous marcherez dans la paix ; les montagnes et les collines chanteront devant vous, et tous les arbres applaudiront ; le cèdre croîtra en place du jonc ; le myrte fleurira au lieu de l'ortie, et vous ferez retentir partout le nom du Seigneur, comme un signal éternel qui ne se taira plus. »

Jamais une plainte ne passa les lèvres d'Ofhuys pendant qu'il fatiguait son corps à de durs et obscurs travaux ; la plupart des moines ignoraient son nom. Le Père Saint-Géry ne lui témoignait aucune préférence. Il entrait dans son système d'épreuves d'abandonner à ses inspirations, à ses luttes, le nouvel athlète s'élançant dans l'arène. Le Supérieur du Cloître Rouge comprenait trop bien quelle responsabilité pesait sur lui pour influencer la vocation d'un postulant enthousiaste. Loin de ne lui montrer que les fleurs grandissant sous la rosée du Calvaire, il couvrait la voie des nouveaux venus d'épines et de ronces. Ils devaient traverser le désert avant d'entrer dans la Terre-Promise. Le digne abbé les abandonnait dans la solitude de leur cœur et de leur esprit, et si Satan leur montrait les royaumes de ce monde, et leur criait : « Jette-toi en bas ! » le Père Saint-Géry priait pour eux sans les fortifier, croyant que, durant les combats dont le ciel est la récompense, Dieu suffit à soutenir ses saints. Le Père Saint-Géry n'amollissait pas l'esprit et l'âme de ses moines par les consolations. Il les voulait forts et victorieux ; peu lui importait que la bataille fût rude, s'ils en sortaient triomphants.

Quand des étrangers, visitant les magnifiques jardins du Cloître Rouge, demandaient au Supérieur :

— Ce frère qui bêche là-bas ne fut-il point une des gloires des lettres ?

— Il se nomme frère Gaspar, répondait le Supérieur.

Les semaines, les mois se passèrent ; le jour vint où Ofhuys, après avoir subi son épreuve, put être admis au bonheur de revêtir l'habit des *chanoines réguliers*. Quand le Père Saint-Géry lui annonça cette nouvelle, le poète de Charles le Hardi s'écria en frappant sa poitrine :

— Je ne suis pas digne d'un si grand honneur!

Mais, en même temps, l'expression d'une joie surhumaine rayonna sur son visage.

— Mon Père, demanda-t-il ensuite, j'ai laissé dans le monde des amis nombreux, dont les plus chers sont Hemling et Hugo van Goës; me permettrez-vous de les convier à la fête qui fera de moi un homme nouveau?

— Oui, mon fils, répondit le Supérieur, et je vous charge de préparer le logis de vos hôtes et de leur réserver des places dans la chapelle... Un messager ira demain les inviter de votre part.

Ofhuys écrivit à ses amis une lettre affectueuse, puis le courrier partit, et nous l'avons vu frappant à la porte de l'atelier d'Hugo van Goës, au moment même où le page du duc de Bourgogne se disposait à remplir la mission confiée par son noble maître.

Dès l'aube, le lendemain, Hugo van Goës et Aléna prirent le chemin du monastère, enseveli comme Groenendal et Sept Fontaines sous les derniers chênes de la forêt de Soignes.

Hugo van Goës surveillait avec sollicitude les préparatifs de départ pour l'abbaye du Cloître Rouge. Une litière attendait devant le perron du logis de l'artiste, et Aléna ne tarda pas à paraître. Son costume, de couleur bleue, seyait admirablement à son visage un peu pâle; une croix d'or émaillé descendait sur sa poitrine, et ses cheveux blonds se cachaient à demi sous une coiffure de hauteur modeste, si on la comparait à la dimension ordinaire des hennins.

Elle prit la main de son mari, s'assit sur les coussins de la litière dont elle écarta les rideaux afin de regarder encore son petit Hubert qu'une fille de service soulevait dans ses bras; puis Hugo, sautant sur son cheval, fit un signe, et la litière s'ébranla au pas très doux de deux mules blanches.

L'artiste marchait assez près du véhicule pour causer avec Aléna; la beauté du jour et surtout l'espérance de retourner bientôt à Gand rendaient la jeune femme joyeuse.

Tout à coup, cependant, un éclair d'angoisse traversa son regard, et s'adressant à son mari elle lui dit rapidement :

— Hugo, regarde bien cet homme enveloppé d'une cape, qui suit le même chemin que nous...

L'artiste suivit l'indication donnée par sa femme.

— Tu le reconnais? demanda Aléna.

— Parfaitement; c'est Rubbes.

— Que peut-il faire à Bruxelles?

— Rien de dangereux, sans doute. Les Gantois, satisfaits d'avoir été rétablis dans leurs privilèges, songent à leur négoce et ne semblent plus s'occuper de politique. Le prince Charles voit successivement les révoltés rentrer sous son obéissance, et l'ère de la paix et de la prospérité semble venue pour les Flandres... Rubbes n'a donné lieu à aucun rapport défavorable, depuis ce jour où il se montra si audacieux envers monseigneur... Son habileté est grande, et il se peut qu'on lui ait fait à Bruxelles une commande importante.

— Tu as raison, dit Aléna; cependant, tu pourrais avertir les gardes du prince...

— Je le ferai pour te rassurer.

Il est probable que Rubbes, dont l'apparition inattendue causait un si grand effroi à la jeune femme, reconnut de son côté la reine de Rhétorique et l'ardent défenseur de Charles le Hardi, car il se retourna deux fois et les suivit longtemps du regard.

A partir de ce moment jusqu'à l'arrivée de Hugo et de sa femme au monastère, une préoccupation involontaire les absorba.

Si van Goës avait essayé de tranquilliser sa compagne, il n'en pensait pas moins, comme elle, que le maître foulon n'était pas de ces hommes que l'on dompte; Rubbes devait garder des projets et couver des haines.

Les Gantois semblaient satisfaits et paisibles, mais les résultats de leur première audace pouvaient les encourager dans la revendication de nouvelles immunités.

Cependant, dès qu'il aperçut l'abbaye, le cœur de van Goës s'allégea de son trouble. Le souvenir de son ami, la préoccupation de la fête à laquelle il allait assister l'absorbèrent seuls, et au moment où il présenta la main à sa femme pour l'aider à descendre de litière, Hugo avait retrouvé toute sa sérénité.

Les cloches sonnaient à grandes volées, les chanoines, que l'on voyait traverser les cloîtres et les salles, portaient sur leur visage l'expression d'une joie recueillie ; au milieu des parterres, de jeunes enfants achevaient leur moisson de fleurs pour la décoration de l'autel. On allumait les encensoirs dans la sacristie, des centaines de cierges rayonnaient et la foule commençait à envahir la chapelle.

Au premier rang se trouvaient Hugo et sa femme ; Hemling, arrivé la veille et qui avait passé la nuit au couvent, rejoignit ses amis. Il semblait agité ; des émotions pleines de trouble passaient sur son visage, et la rougeur de ses paupières prouvait qu'il avait pleuré.

En quittant Gaspar Ofhuys qui lui consacra une heure de sa soirée, Hemling semblait très ému ; des mots entrecoupés se pressaient sur ses lèvres, et quand il pressa nerveusement la main de Hugo ce fut avec une sorte de fièvre ; un moment après, profondément recueilli et les bras croisés sur sa poitrine, il priait au pied de l'autel.

Le son des orgues, le chant des psaumes, les sonores éclats des cloches l'arrachèrent à sa méditation.

Les chanoines entraient dans la chapelle.

Le Père Saint-Géry accompagnait Gaspar, et le plus vieux des moines marchait à sa gauche.

L'assemblée tout entière éprouva une étrange oppression. Sans doute, la plupart des assistants avaient assez de foi pour ne pas être tentés de plaindre le jeune homme, mais la pensée que Gaspar Ofhuys, dont la renommée était populaire, ensevelissait dans ce cloître sa jeunesse et son génie impressionnait fortement les té-

moins de cette cérémonie. Gaspar, les yeux levés vers l'autel avec
l'expression d'une joie intérieure dont rien ne saurait rendre la
puissance, alla prendre place dans le chœur.

Il n'avait jamais paru plus élégant et plus beau. Son visage pâle
tranchait sur son vêtement de velours écarlate; une lourde chaîne
d'or, royal présent du duc Philippe le Bon, ajoutait à la richesse
de son costume.

Le chant du *Veni Creator* commença et, au-dessus de toutes ces
voix, il fut possible de distinguer la voix de Gaspar appelant les
dons d'en haut pour fortifier et enrichir son âme.

Lorsque Hemling vit disparaître son ami, qu'il ne devait plus
jamais revoir paré de la livrée du siècle, un sanglot monta à ses
lèvres et il cacha son front dans ses mains.

Quand Ofhuys revint, la robe des chanoines réguliers de Saint-
Augustin se drapait autour de sa haute taille. Le sacrifice était
consommé, le Cloître Rouge comptait un nouveau moine. Alors le
Te Deum éclata sous les voûtes de l'église abbatiale. Ne fallait-il
point bénir Dieu d'avoir attiré à lui une âme trop grande pour
se contenter d'affections périssables et de chimères de gloire? Ne
devait-on point convier le ciel et la terre à partager la joie éprouvée
par les habitants du Cloître Rouge à la pensée de voir leur famille
s'augmenter d'un tel frère?

Les derniers parfums de l'encens s'évaporèrent sous la voûte de
la chapelle, avec les senteurs mourantes des roses; alors les moines
sortirent à pas lents. Frère Gaspar quitta la chapelle le dernier;
le Supérieur et un chanoine centenaire l'escortaient. Durant tout
le jour, le nouvel élu devait jouir d'immunités dont le souvenir lui
rendrait encore cette journée plus chère. Tous les anciens habitants du Cloître Rouge le félicitaient; les jeunes hommes nouvel-
lement entrés dans ce port de salut l'enviaient, et ceux qui comme
Ofhuys avaient eu le temps d'apprécier ce que valent les fumées
d'ambition, de gloire et de fortune partageaient le saint enthousiasme du poète favori de Charles de Bourgogne. Celui-ci, empê-
ché d'assister à la cérémonie, était représenté par Philippe de

Commines et plusieurs des seigneurs marquants de sa Cour. Quelques-uns s'attristaient profondément de la résolution d'un homme dont le talent excitait autant d'admiration que son caractère inspirait de sympathie.

— On n'a pas le droit de mettre la lumière sous le boisseau ! disait le comte de van Oost ; le génie vient de Dieu, et nous lui en devons compte. Ofhuys contribuait à la grandeur de son pays, à la moralisation des masses populaires, en composant et en faisant représenter de magnifiques *mystères*.

— Je suis parfaitement de votre avis, comte Julian, répondit un élégant seigneur ; c'est dédaigner les dons de Dieu que de les ensevelir dans l'ombre d'un monastère. N'est-ce point aussi votre avis, messire Hemling ?

— Non, répondit vivement l'artiste. Si nous devons bénir le ciel pour nous avoir départi les dons de l'intelligence, nous lui devons mille fois plus de reconnaissance s'il nous aime assez pour nous retenir sur les bords du gouffre de l'orgueil, ou empêcher ce talent de quitter la voie lumineuse de la morale et de la vertu. Ofhuys est un grand poète, un admirable *trouveur*, un dramaturge alliant la grandeur de la conception au pathétique des scènes, à la vérité des caractères. Son œuvre, s'il consent à la léguer à la postérité, marquera une époque de l'art et deviendra l'une des plus brillantes de la Flandre. Et cependant, loin de le blâmer et de le plaindre, je l'approuve et je l'envie. Sa foi est assez grande pour lui faire mesurer le néant de nos ambitions terrestres... Vous vous étonnez qu'il renonce si aisément aux applaudissements de la foule qui battait des mains à la représentation de ses drames religieux, et qui arrivait au plus haut degré de l'enthousiasme lorsque, de sa voix sourde, Ofhuys récitait ses pièces et ses odes. Mais que savez-vous si des milliers d'anges ne descendent point, le soir, dans sa froide cellule, afin de recueillir les éloquentes prières de ce poète qui ne daigne plus parler qu'à Dieu ? Non, je ne le plains pas, et la dernière parole que je lui adresserai sera pour lui dire qu'il a choisi la meilleure part.

— Pourquoi rester encore dans le monde, si vous gardez une telle opinion? demanda Julian.

— Comte, répondit Hemling, je n'y demeure ni par orgueil ni par faiblesse... Je dois plus que la vie au duc de Bourgogne, et tant que mon noble maître sera de ce monde, et que je pourrai tenir tour à tour un pinceau et une épée, on me trouvera à son côté. Si Dieu nous le retirait, Messeigneurs, vous me verriez un jour au fond d'un cloître, comme Gaspar.

Hugo van Goës serra la main de son ami.

— Nous étions, Ofhuys, toi et moi, liés par une de ces affections que rien n'entame et ne brise : le premier vient de nous quitter pour Dieu, tu me quitteras pour Charles de Bourgogne...

— C'est vrai, dit Hemling; mais quand nous resterions seuls, tout seuls sur cette terre de larmes et d'exil, l'Ami céleste nous resterait encore...

L'entretien des anciens compagnons et des admirateurs de Gaspar cessa tout à coup ; Ofhuys entrait dans le parloir.

Son beau visage s'éclairait d'une vive joie intérieure; il marchait avec une légèreté élégante, comme s'il ne foulait plus la terre ; un sourire entr'ouvrait ses lèvres, sourire grave et doux tout ensemble et qu'on trouve souvent sur le visage des êtres voués à Dieu par des vœux solennels.

Après avoir remercié tous ceux qui s'étaient associés à son bonheur et l'avaient soutenu par leurs prières, Ofhuys prit Hemling et van Goës à part :

— Venez voir mon royaume, dit-il.

Quand il leur eut montré la salle de communauté, les réfectoires, les immenses jardins cultivés avec un art et un soin merveilleux, Ofhuys conduisit ses amis dans la bibliothèque. Elle était d'une grande importance pour l'époque. Depuis la fondation du Cloître Rouge, les moines lettrés gardaient pour unique occupation le soin de multiplier les œuvres doctes et saintes. Du reste, Sept-Fontaines, Groenendal imitaient en cela le Cloître Rouge. Tandis que le soin de la culture des terres était réservé aux frères moins

instruits, on chargeait les hommes habiles dans les langues anciennes de copier les œuvres des saints, des historiens et des poètes.
Une salle entière leur était réservée à côté de la bibliothèque et,
durant plusieurs heures de la journée, ils demeuraient penchés sur
leurs tables, copiant en large gothique ou en ronde grasse et espa-
cée les chefs-d'œuvre de l'antiquité et les compositions des contemporains.

À côté de cette pièce se trouvait celle des enlumineurs.

Devant la place de chacun étaient des godets et des pains de couleur, des feuilles d'or et d'argent, des pinceaux.

Tandis qu'Hemling visitait un carton rempli de feuilles de vélin
finement coloriées, la grâce d'une esquisse le charma. Elle représentait un épisode de la vie de sainte Ursule. Sans doute, le moine
qui l'avait ébauchée s'était arrêté avec le sentiment de crainte com-
mun à tous les artistes. Les groupes s'agençaient avec goût; le
paysage ne manquait ni de grâce idéale ni de fraîcheur; mais, au
moment de peindre la virginale figure de cette fille de roi entourée
de ses compagnes comme d'un bouquet de lis, le moine avait hé-
sité; l'œuvre inachevée attendait l'heure de l'inspiration. Hemling
consulta Gaspar du regard; puis, sur un signe de celui-ci, il saisit
un pinceau et peignit avec une rapidité merveilleuse ce que le
miniaturiste n'avait pas eu l'audace de finir.

— Que de fois, dit Hemling, je me suis senti possédé du désir de
reproduire l'épopée chrétienne de sainte Ursule!... Quelque jour,
durant une halte de ma vie, je consulterai les légendaires, et, m'ins-
pirant de leurs traits naïfs, de leur récit à la fois pieux et charmant, je peindrai soit une série de panneaux, soit une magnifique
châsse destinée à recevoir les reliques de celle qui préféra sa couronne de vierge à un royal diadème... Vous louerez de ma part le
Frère inconnu qui commença cette page, et vous le prierez de demander à Dieu qu'il m'accorde le temps de créer ce que je
rêve.

— Signe cette peinture, dit doucement Ofhuys à Hemling.

Le nouveau moine et les deux compagnons sortirent de la salle

des peintres, et Gaspar leur ouvrit, avec une sorte de mystère, la
porte d'un tout petit atelier. .

— Que fait-on ici? demanda van Goës.

— Peut-être ne devrais-je point vous le révéler, mais vous en
garderez le secret, jusqu'à ce que le moine qui travaille seul
dans cette chambre, depuis de longues années, soit arrivé au résultat qu'il attend.   .

Gaspar Ofhuys tira d'un meuble une collection d'images pieuses
assez frustes, mais dont la vue arracha cependant un cri de surprise à van Goës.

— Qu'est-ce que cela? demanda-t-il; ces traits naïfs, mais exacts
et finis, ne sont faits ni au crayon ni au pinceau.

— Vous avez raison, répondit Ofhuys, ce sont des gravures.

— Des gravures?

— Cette invention, que son auteur améliorera, sans aucun doute,
est destinée à faire une rénovation dans l'art... Un de nos frères a
imaginé de graver sur des morceaux de bois d'une essence très
dure l'esquisse des sujets qu'il veut représenter. Il arrivera, sans
doute, à rendre les ombres et bien des finesses qui lui échappent
aujourd'hui; mais, telle qu'elle est, sa découverte n'en est pas
moins admirable... Un seul bois lui permet de tirer à un nombre
d'exemplaires énorme le dessin qu'il a tracé... Voyez les douze
gravures destinées à l'ornementation du *Spirituale Pernerium*,
ne sont-elles pas déjà en grand progrès sur cette *Vierge* et sur ce
saint Christophe?

— Si je ne me trompe, dit Hugo, la gravure de cette Vierge
porte la date de 1418, et ce saint Christophe celle de 1423...

— Vous avez raison, répondit Gaspar Ofhuys.

— Et, depuis cette époque, cet inventeur admirable, ce modeste
frère cache à tous sa découverte et ses œuvres?

— Il les trouve indignes de la publicité, et je l'affligerais sans
doute beaucoup s'il apprenait que je vous ai fait de semblables
confidences... Mais j'ai le droit d'être fier du talent de ceux qui
sont mes frères et mes maîtres; et si, plus tard, on vous parlait

de l'art de la gravure comme ayant été inventé par des hommes assez hardis pour s'emparer des idées d'un moine obscur, vous pourriez répondre que vous avez vu ici les gravures sur bois d'Henri van der Baguerde, l'auteur du *Spirituale Pernerium,* et que nous appelons souvent *Henricus de Pernerio...* Nous n'avons pas seulement ici des moines chargés d'écrire sur la foi des livres savants et des méditations pieuses, nous voulons vulgariser, éditer les œuvres déjà faites, et de la trilogie de Groenendal, de Sept-Fontaines et du Cloître Rouge sortiront des œuvres dont l'art du scribe et du xilographe feront d'incomparables chefs-d'œuvre.

— Et, demanda Hugo, cet habile Frère est-il moine depuis longtemps?

— Élevé dans un cloître, il y a grandi ; il y mourra.

— Quel dommage qu'il ait renoncé au monde ! s'écria van Goës. Charles le Hardi l'aurait fait noble et riche.

— Dieu le garde pauvre en ce monde et le comble de joies sans prix.

Les trois amis visitèrent les ateliers de reliure, puis ils rentrèrent dans le parloir où Aléna les attendait.

Une collation fut servie aux amis de Gaspar ; puis, l'heure du départ étant arrivée, Ofhuys vint leur serrer la main une dernière fois.

— Priez pour moi, dit Aléna, d'une voix douce.

— Je te comprends et je t'admire ! murmura Hemling à l'oreille de son ami.

— Adieu ! Adieu ! dit Hugo van Goës.

— Au revoir ! répondit Gaspar d'un accent lent et doux.

Un moment après, Aléna remontait en litière, tandis que Hugo et Hemling prenaient place à ses côtés.

Elles se tenaient autour d'une marmite. (*Voir page* 170.)

XV
UNE HALTE DE BOHÉMIENS

A cette époque, le monastère de Jeanne de Brabant se composait de deux parties fort distinctes : le cloître proprement dit habité

par les chanoines, et les bâtiments réservés aux étrangers. Ils s'y
trouvaient toujours en grand nombre. Les uns venaient demander
pour quelques jours l'ombre et le silence aux cellules et aux
ombrages du Cloître Rouge et s'y reposer du tumulte des batailles,
des rivalités des cours, des agitations de la politique. Il n'était pas
rare qu'arrivés au monastère pour y demeurer une semaine, on y
trouvât les mêmes étrangers bien des mois plus tard. Le calme de
la vie monastique les enveloppait, les prenait, les gardait. A l'idée
de retrouver au dehors les troubles, les soucis dont ils avaient
souffert, ils s'effrayaient si fort qu'ils suppliaient le Père de Saint-
Géry de les garder, et le couvent comptait un novice de
plus.

La décision de Gaspar Ofhuys d'y chercher à son tour un refuge
n'avait donc rien d'extraordinaire. Ce fut la réflexion qui vint à
chacun de ses amis, en suivant mélancoliquement le chemin qui con-
duisait à la ville. Qui sait si, un jour qui n'était peut-être même pas
très loin, l'un d'entre eux ne reviendrait pas frapper à la même
porte comme Gaspar, afin d'y demander la même paix.

Les visiteurs de la solitude du Cloître Rouge allaient pénétrer
dans la ville, quand leur attention fut excitée par le bruit et les
chants d'une troupe nombreuse de jongleurs et de jongleresses as-
semblés devant une auberge. Un grand chariot qui avait amené les
bohémiens était encore attelé dans la cour; les deux chevaux chargés de le traîner semblaient affamés et fatigués. Trois ou quatre
femmes assez jolies, au teint bistré, aux yeux semblables à des
tisons, se tenaient autour d'une marmite suspendue au-dessus
d'un feu de brandes. Deux ou trois enfants se roulaient dans la
poussière en s'arrachant les cheveux, tandis que les hommes,
grands gaillards au torse maigre, mais aux muscles d'acier, parle-
mentaient avec l'aubergiste. Il était difficile de faire entendre
raison à maître Bavon, qui dans les grandes circonstances faisait
valoir alternativement, et selon les besoins de sa cause, des argu-
ments cherchés dans sa conscience ou des raisonnements puisés
dans son avarice.

Bavon, sans être absolument un mauvais homme, ne méritait pas une confiance exagérée.

Il parlait trop de ses scrupules pour en garder beaucoup, et ses voisins affirmaient qu'il ajoutait à son état lucratif de tavernier certains commerces de prêts sur gages et d'avances d'argent sentant plus le juif que le chrétien. Mais quiconque eût essayé de mettre en doute la parole de Bavon eût été traité de telle sorte par le tavernier, que des étrangers seuls pouvaient avoir le courage de lutter contre ce tyran du faubourg.

— Mais enfin, répéta un des bohémiens en s'adressant à Bavon, vous ne pouvez pas refuser de nous loger, par les mille diables d'enfer!

— Par tous les benoîts saints du paradis! j'en ai le droit, répondit Bavon. Croyez-vous qu'il me convienne de céder une partie de ma maison à des mécréants de votre sorte? Je connais vos maléfices et vos jongleries... vos accointances avec Satan ont noirci votre peau et brûlé vos cheveux... Je suis un brave homme, et qui sait, si j'accordais ce que vous me demandez, si l'on ne devrait pas demain employer les exorcismes pour chasser le malin esprit de ma maison?

— C'est à lui tordre le cou, Zanka! dit un des bohémiens.

— Nous aurons toujours le temps, répondit l'autre.

— Essayons une dernière fois de le persuader, ajouta Huned.

— Ne comprends-tu pas, tavernier de malheur! que nous aurons demain plus de ducats qu'il n'en faudra pour solder ton pain, ton lard et ton avoine?

— Qui me le prouve?

— Sais-tu ce qui se passera demain à Bruxelles? reprit Zanka.

— Il vient assez de riches seigneurs dans une taverne pour que j'en sois informé... Monseigneur le duc donne une magnifique fête de nuit sur la Senne.

— Eh bien! voilà, dit Huned.

— Voilà quoi?

— Nous venons pour la fête, mandés par le comte de Gruthuse qui a jadis apprécié nos talents...

— Beaux ménestrels pour une pareille fête! dit Bavon en riant
avec mépris, tandis qu'il inspectait du regard les vêtements sommaires des hommes dont la pièce la plus importante était un manteau de drap brun, et en regardant avec mépris la toilette voyante,
mais délabrée, des femmes.

— On ne doit pas toujours juger les gens sur la mine, reprit
Zanka;.nos habits de bohémiens sont au fond des coffres; demain
les femmes d'Égypte mettront plus de sequins dans leurs cheveux
que tu ne gardes de ducats dans ton escarcelle... Que risques-tu?
un souper pour nous, la litière pour les chevaux.

— Et la bonne renommée de ma maison, fit le tavernier. Je gage
que jamais une noble famille ne s'arrêterait devant ma porte, si
je vous donnais asile.

— Tu te trompes, répondit Zanka, voici deux cavaliers qui ont
tout l'air de se diriger de ce côté.

— Allons, hors d'ici, canailles, truands, pille-bourses et coupe-
jarrets! s'écria Bavon dont l'indignation s'augmenta singulière-
ment à la pensée que la présence des jongleurs pouvait lui faire
perdre une excellente aubaine.

Mais, tandis qu'il s'abandonnait à sa colère, un nouveau venu
s'introduisait dans la cour. Après avoir entendu les prières du bohé-
mien et les injures de Bavon, il s'approcha de ce dernier que les
zingari entouraient d'une façon peu rassurante, et posant sa lourde
main sur l'épaule du tavernier :

— Qu'est-ce à dire? fit-il; reçoit-on de la sorte les gens du pays
d'Égypte chargés de distraire demain les nobles dames et les
grands seigneurs de la cour de Charles le Hardi?

— Ces jongleurs mentent! dit le tavernier en écartant les bohémiens pour se rapprocher de l'étranger; et la preuve qu'ils mentent,
c'est qu'ils me demandent crédit...

— Je ferai rentrer ce mensonge dans ta gorge; ils peuvent
payer et ils paieront, puisque monseigneur m'a chargé de leur re-
mettre vingt ducats d'or d'avance.

— Vingt ducats d'or! s'écria Bavon.

— Tout autant! ajouta le nouveau venu.

Puis se tournant vers celui qui paraissait être le chef de la troupe :

— Je vais vous compter la somme, dit-il, mais je vous donnerai en même temps un conseil : laissez le tavernier à ses honnêtes scrupules ; je sais plus d'une hôtellerie où l'on se fera un plaisir de vous recevoir.

— Comment! s'écria Bavon, ces voyageurs quitteraient mon hôtellerie!... La voiture est remisée, le picotin servi, le dîner commandé... Je ne souffrirai pas que les jongleurs de notre gracieux duc...

— Et les exorcismes de demain?

— Bah! vous n'évoquerez pas Satan ce soir.

— Et le mauvais renom que notre présence va donner à cette taverne?

— Vous n'êtes pas si diables que vous êtes noirs; les femmes chantent fort bien, sur ma foi! et les enfants deviendront peut-être des chrétiens.

— Allons! fit l'étranger, voici trois ducats pour le souper, la nuit et la journée de demain; signale ton zèle pour monseigneur.

— Vive le duc de Bourgogne! cria Bavon.

Le tavernier gagna sa cuisine et commença à surveiller consciencieusement ses fourneaux.

Zanka se rapprocha de l'étranger.

— Ce que vous avez dit est-il vrai?

— Nullement; j'ai voulu vous rendre service, voilà tout.

— Merci, dit Zanka; j'accepte, mais les services se paient. Que me demanderez-vous, en retour?

— Bien peu de chose, répondit le voyageur.

— Mais encore?

— Je suis trop dépourvu de naissance pour être invité par monseigneur à sa fête de nuit, et trop ignorant pour y être engagé comme vous en qualité de musicien; cependant, j'ai le plus vif désir d'assister au concert qui sera donné sur la Senne.

— Rien de plus facile, répondit Zanka, vous viendrez avec nous.

— J'ai deux frères.

— Nous leur ferons place.

— Vous joindrez à cette complaisance celle de nous prêter des costumes?

— Trois de mes compagnons sont morts l'an passé; c'étaient de fiers hommes, et vous porterez très bien leurs habits... Pour le reste, nous vous donnerons des tambours de basque... C'est un instrument dont on joue sans avoir jamais appris.

— Je vous suis redevable désormais, dit l'étranger.

— Ainsi, demanda Zanka, vous souhaitez beaucoup voir le prince?

— Plus que vous ne sauriez croire.

— Si le hasard ne vous avait pas rapprochés de nous, comment vous y seriez-vous pris pour réussir?

— J'ai souvent l'habitude d'abandonner beaucoup de choses au hasard. — Il m'a bien servi... Ce qu'on veut, on le peut; il ne s'agit que d'attendre.

Bavon parut sur le perron de la taverne.

— La cervoise est tirée, le souper est prêt.

Les hommes gravirent, en quelques enjambées, la distance qui les séparait du perron; les femmes continuaient leur chant bizarre; elles ne devaient souper qu'après les hommes.

Si vite que les bohémiens fussent entrés dans la salle basse de la taverne, Hugo van Goës, dont l'attention était excitée par les refrains des zingarelles, crut reconnaître la taille gigantesque d'un homme dont le souvenir lui causait toujours un certain frisson.

— Hemling, dit-il, as-tu vu les quatre voyageurs qui sont entrés chez maître Bavon?

— Oui, répondit l'artiste.

— Trois sont des bohémiens, ajouta Hugo; le quatrième...

— Est Rubbes en personne.

— Je ne sais pourquoi la présence de cet homme à Bruxelles m'effraie.

— Elle peut être fortuite.

— Si j'étais chargé de la police de la ville...

— Que ferais-tu?

— Je donnerais ordre de l'arrêter.

— Ce serait peut-être violent... Il y aurait un moyen plus adroit d'apprendre ce que nous voulons connaître...

— Lequel?

— Si nous questionnions maître Rubbes?

— Il ne serait sans doute guère disposé à te répondre.

— Sa discrétion ou son embarras me dicterait ma conduite.

— Tu as raison, Hemling, sachons ce que cet ancien chef des Chaperons blancs de Gand vient faire à Bruxelles.

— J'ai trouvé! dit Hugo.

— Quoi?

— Le moyen de surveiller l'auberge d'abord, maître Rubbes ensuite.

— Et c'est?..

— Tu vas voir.

Van Goës s'approcha de la litière de sa femme.

— Aléna, lui dit-il, voici dansant et chantant d'étranges et diaboliques créatures, dont j'aimerais à prendre le croquis... Si vous y consentiez, je resterais ici une heure au plus, avec Hemling, tandis que vous regagneriez tranquillement la maison où nous attend notre petit ange.

— Hugo, demanda la jeune femme, ne pouvez-vous payer ces femmes afin qu'elles viennent, demain, poser dans votre atelier?

— Sans doute, Aléna, s'il s'agissait seulement de copier leurs traits et leurs lambeaux pittoresques; mais, pour le tableau que je rêve, j'ai besoin de mille détails dont le souvenir et l'impression m'échapperaient à la fois. Il me faut, en guise de fond, cette taverne tenant moins de la maison que de la masure, cette cour dans laquelle sont réunies les charrettes et qu'encombre en ce moment le logis-ambulant des bohémiens, enfin ce merveilleux soleil couchant dont les rayons tombent avec profusion sur les étranges créatures qui dansent devant nous.

— Faites à votre volonté, Hugo, répondit Aléna; n'oubliez pas seulement que je vous attendrai avec impatience.

— Sois tranquille, chère femme, je serai de retour dans deux heures.

Aléna sourit, van Goës donna un ordre et la litière se mit en marche.

Aussitôt Hemling et Hugo mirent pied à terre.

Sans appeler aucun des maigres serviteurs de la taverne, les deux artistes s'assirent sur une large pierre qui autrefois servait de montoir, et, cherchant dans leurs escarcelles le papier et les crayons dont ils étaient toujours munis, ils commencèrent à esquisser le groupe des bohémiennes.

Celles-ci remarquèrent les artistes, leur visage bronzé s'éclaira d'un sourire, et, sans discontinuer leurs danses, elles jetèrent leurs tambours et commencèrent un chant guttural et rythmé.

— Nous sommes admirablement placés pour surveiller cette taverne du diable, dit Hugo; si Rubbes en veut sortir, il sera obligé de passer devant nous; s'il y demeure, nous saurons comment nous y prendre pour le faire épier.

— Mais, dit Hemling, le prétexte dont nous nous servons nous manquera au coucher du soleil.

— Bah! fit Hugo, je pousserai bien le dévouement jusqu'à souper chez maître Bavon.

Ainsi que l'avait prévu Hemling, le jour baissa avant que les hommes eussent fini leur repas.

Les deux amis serrèrent leurs dessins, les Égyptiennes fatiguées commencèrent à s'apercevoir que les enfants faisaient beaucoup de tapage; elles se consultèrent un moment, puis elles prirent le parti d'entrer dans la grande salle.

— Suivons-les, dit Hugo.

Les artistes franchirent le seuil de la taverne, frappèrent sur la table du pommeau d'un poignard, passé à leur ceinture, et commandèrent un dîner assez compliqué, afin d'avoir le temps d'observer les gitanos.

Du premier regard, ils avaient constaté l'absence de Rubbes.

— Nous nous serons trompés, dit Hemling.

— Je ne le crois pas, répondit van Goës ; un homme de cette taille et de cette allure n'est pas facile à confondre, même avec de robustes compagnons.

Mais s'il n'avait pas été dupe d'une illusion, Hugo fut du moins obligé de convenir que leur espérance de retrouver le forgeron resterait vaine, car il ne tarda pas à s'apercevoir que, la maison ayant une double issue, Rubbes avait dû la quitter depuis assez longtemps.

Peut-être pourraient-ils apprendre quelque chose en faisant parler les bohémiens ; mais ceux-ci, figés dans des attitudes farouches, ne semblaient nullement disposés à se lier avec leurs opulents voisins, qu'ils semblaient étudier, regarder avec défiance, et dont la présence paraissait les gêner.

Néanmoins, Hugo fit quelques pas en avant et s'adressa à la plus jeune des Égyptiennes :

— Voulez-vous gagner demain un ducat, la belle enfant? lui demanda-t-il.

— On désire toujours gagner un ducat, messire... S'agit-il de tirer votre horoscope ou de lire votre destinée dans les lignes de votre main?

— Nullement, répondit Hugo.

— Voulez-vous réduire un ennemi à l'impuissance, ou devenir l'époux d'une jeune fille?

— J'ai la meilleure des femmes, répondit Hugo, et je ne me connais pas d'ennemis.

— Que souhaitez-vous donc, seigneur?

— Que vous veniez, vous et vos compagnes, pour demain, dans mon atelier ; si un ducat ne vous suffit pas...

— Le salaire serait suffisant un autre jour, répondit la fille de Bohème, mais demain c'est absolument impossible, toutes nos heures sont prises : hommes et femmes, nous faisons partie des chanteurs et des musiciens recrutés pour la fête de monseigneur de Bourgogne.

— Ah! dit Hugo avec un accent de surprise ; et qui vous a engagés en son nom?

— Messire, c'est le seigneur comte de Gruthuse, répondit avec importance la jeune fille.

— Le comte de Gruthuse? Vous dites le comte de Gruthuse? insista Hugo.

— Lui-même, affirma la jeune fille.

— Et si vous en doutez, messire, reprit Zanka en se levant d'une façon peu encourageante, vous pouvez vous en assurer dès demain. Vous nous verrez à l'œuvre ; ou, plutôt, vous nous entendrez!

— Voilà qui est bien singulier, murmura Hugo à l'oreille d'Hemling, le comte de Gruthuse n'est pas à Bruxelles. Comprends-tu?.. Quel est donc ce mystère?

— Étrange, en effet, répondit tout bas Hemling.

— Je ne sais pourquoi, reprit Hugo à voix haute, je redoute dans tout ceci une erreur ou un piège... Le prince compte parmi ses musiciens habituels un grand nombre de gens de talent, et je trouve vraiment étrange qu'il fasse mander auprès de lui une troupe de zingari.

— C'est aussi mon avis, opina Hemling. Ce fait est tellement anormal qu'il me semble mériter confirmation.

— Voulez-vous une preuve que le comte de Gruthuse nous a mandés?

— Oui, répondit Hugo.

— Eh bien! c'est que nous avons reçu des arrhes.

— Payées par le comte de Gruthuse?

— Par un homme venant de sa part, du moins... Notre séjour à l'auberge est garanti, et il nous reste vingt belles pièces d'argent pour la toilette des femmes.

— Et le messager du comte de Gruthuse vous les a comptées aujourd'hui?

— Tout à l'heure, répondit Zanka ; il venait de sortir quand vous êtes entrés.

— En ce cas, j'avais tort de vous mettre en garde contre la solidité de votre engagement, dit Hugo. Bonne chance, camarades ! je vous écouterai demain soir avec plaisir.

Hemling et Hugo se levèrent et, sans insister davantage, quittèrent aussitôt la taverne.

Ils sautèrent sur leurs chevaux qui les attendaient et les mirent tranquillement au pas.

— Plus que jamais, mon cher Hemling, dit Hugo, je me défie de ce qui se passe autour de nous.

— Cependant, répliqua Hemling, ce n'est pas la première fois que des jongleurs et des jongleresses concourent à la splendeur d'une fête...

— Je le sais bien ! mais, néanmoins, rien ne m'ôtera de l'idée que Rubbes, ce misérable Rubbes, que je crois aussi bien capable d'exciter une émeute que d'assassiner un homme qu'il hait, ne soit arrivé à Bruxelles dans de méchantes intentions... Je me réjouissais hier à la pensée d'assister à ce concert sur l'eau ; maintenant, je ne sais pourquoi, j'ai des appréhensions ; je me demande à cette heure s'il ne sera pas troublé par quelque catastrophe imprévue.

— Je crois tes craintes chimériques, répondit Hemling ; mais il est quelquefois des avertissements secrets, et je tiens toujours compte des pressentiments ; il me semble qu'ils nous viennent de Dieu... Plus que jamais nous veillerons sur le duc... Nous avons sauvé sa fille à Gand, nous le défendrons à Bruxelles.

Durant le trajet, ils rappelèrent les épisodes divers de l'émeute des Gantois, et Hugo ajouta :

— Le pays de Gand est resté hostile au duc, et ni Rubbes ni les *Chaperons blancs* ne lui rendront l'amitié qu'ils portaient au comte de Charolais. Philippe le Bon avait bien raison de le dire : « Les Gantois aiment le fils de leur duc ; mais le duc lui-même, jamais ! » Et justement Charles le Hardi est maintenant duc de Bourgogne et maître des Flandres.

Hemling et Hugo se trouvaient en ce moment en face du logis de van Goës. Celui-ci pressa très vivement son ami d'entrer, mais Hemling refusa avec autant d'opiniâtreté que son ami mettait d'empressement, et promit seulement de venir chercher Hugo avant la fête, et d'amener trois peintres de ses plus intimes amis, solidement armés sous leur costume de gala.

Depuis un moment, Aléna, penchée à la fenêtre, attendait son mari et interrogeait avidement la rue du regard. Elle tenait dans ses bras Hubert souriant et joueur.

La vue de ces deux êtres charmants et purs amena un peu de calme dans les pensées de Hugo. Il chassa aussitôt les sombres pensées qui tourbillonnaient dans son cerveau.

— La bénédiction de Dieu est sur moi, puisqu'il me les a donnés ! murmura-t-il.

Et, passant la main sur son front rasséréné, Hugo entra dans sa demeure d'un pas plus alerte, rejoignit Aléna et serra tendrement sa femme et Hubert dans ses bras.

C'était bien son Aléna. (*Voir page* 192.)

XVI
UNE FÊTE

La Senne présentait un admirable tableau : en opposition avec

la ville enveloppée d'obscurité, le petit fleuve couvert de barques
brillamment éclairées semblait charrier des milliers d'étoiles. Chacune de ces barques, tendues d'étoffes précieuses dont les crépines
d'or et d'argent dépassaient le rebord, se trouvait pavoisée des
couleurs du duc de Bourgogne et des bannières des seigneurs qui
les montaient. Un vent léger faisait ondoyer leurs plis au-dessus
des fronts des jeunes femmes en costume de cour qui, assises sur
des piles de coussins armoriés, écoutaient les refrains des chanteurs et le son des instruments adoucis par la distance. Dans
la barque la plus richement pavoisée se tenaient le duc de Bourgogne, sa fille Marie, qui devenait plus belle et plus séduisante
à mesure qu'elle grandissait, deux de ses femmes et trois princes
étrangers, hôtes de Charles le Hardi.

La nuit était d'une étrange douceur; dans le fond de chaque
barque, on avait semé des gerbes de fleurs exhalant un léger
arome. Les rames, maniées légèrement, faisaient peu de bruit en
frappant l'eau. Le ciel paraissait d'autant plus sombre que la Senne
éblouissait davantage. On eût dit qu'elle charriait du feu. Sur les
rives se pressait une foule joyeuse, enthousiaste, criant « noël »
et applaudissant. Le passage de chaque barque, dont il était facile
de reconnaître les propriétaires, était salué par des acclamations
plus ou moins enthousiastes, plus ou moins sympathiques. Le populaire prenait, à cette fête de nuit, un plaisir presque aussi grand
que les favoris à qui le prince l'offrait.

Une des barques les plus remarquées fut celle que montaient
une douzaine d'artistes de Bruxelles. Outre les couleurs nationales
de leur pays, ils avaient peint une bannière sur laquelle s'étalait
une palette d'or, dont les couleurs étaient représentées par des
pierres de couleur scintillant comme des diamants. Groupés autour du mât, ils semblaient s'abandonner d'une façon absolue au
charme de la fête nocturne, et cependant le front de plusieurs
d'entre eux gardait un pli d'inquiétude.

Jusqu'à ce moment, les chanteurs et les musiciens avaient joué
les airs populaires des Flandres et chanté les vers de ses meilleurs

poètes. Tandis que Gaspar Ofhuys priait dans sa cellule, les ménestrels du duc de Bourgogne répétaient ses plus charmantes
poésies.

Tout à coup, les musiciens se turent en même temps que les
chanteurs, et l'on entendit s'élever un chœur formé d'un nombre
égal de voix d'hommes et de femmes, chantant, dans une langue
bizarre, gutturale, mais qui n'était pas sans harmonie. Tantôt
basse et presque sourde, tantôt alerte et vive comme un cri d'oiseau, souvent languissante et comme endormie, elle se relevait sou-
dain avec une puissance étrange, lançant des fusées de notes accom-
pagnées par les accords des rebecs, des flûtes, et les grondements
des tambours de basque dont les femmes secouaient les grelots.

Rien d'étrange et de charmant comme la barque montée par les
jongleurs et les jongleresses. Elle représentait un énorme dragon
dressant sa tête bizarre, munie de courtes ailes membraneuses et
de petites cornes recourbées; sa queue mobile, se prolongeant à
l'arrière, servait de gouvernail et ses vastes flancs rebondis renfer-
maient une vingtaine de bohémiens et de bohémiennes vêtus
d'habillements rouges, verts ou bleus, drapés avec une fantaisie
élégante. Des sequins brillaient dans les cheveux des femmes,
d'autres ruisselaient sur leur poitrine; des anneaux d'argent bruis-
saient autour de leurs chevilles, à leurs bras, et une frange d'or se
perdait dans les plis de leurs jupes cramoisies.

On ne voyait aucune lumière dans cette barque, mais des yeux
et de la gueule du dragon jaillissaient des gerbes de clartés, et de
temps à autre une flamme bleue, verte ou orangée s'élevait du
font du canot, enveloppant les jongleurs de lueurs fulgurantes.
Des hommes vêtus en démons se tenaient courbés sur les rames.

L'apparition du dragon, les chants des hommes et des filles de
Bohème excitèrent à la fois la curiosité et l'enthousiasme. Les
applaudissements doublèrent l'entrain des jongleurs et des jongleresses, et le duc de Bourgogne promit une large récompense à celui
de ses familiers qui avait eu la bonne inspiration de lui ménager
cette surprise.

La princesse Marie, debout entre ses deux dames d'honneur, supplia son père de faire ralentir la marche de la barque ducale, afin de permettre au dragon de s'approcher davantage.

Les rameurs de cet étrange canot comprirent le souhait de l'enfant, car le dragon, crachant du feu et laissant jaillir par ses yeux des milliers d'étincelles, nagea rapidement, et ne tarda pas à se trouver très près de la barque du prince.

Les chanteurs puisèrent dans le voisinage de celui-ci et de ses familiers un encouragement nouveau, car leur voix s'éleva plus éclatante, et les filles de Bohème, ne se contentant plus de faire alterner leurs voix avec celles des hommes, esquissèrent des pas de danse sur le mobile plancher du canot. Elles passaient et repassaient dans les méandres d'une ronde fantastique, à la clarté fulgurante des torches, des lanternes, des pots à feu. Esprits des flammes, elles tournoyaient dans un foyer incandescent. Les paillettes de leurs jupes, les franges d'or de leurs ceintures, les sequins de leurs tresses accrochaient la lumière et la renvoyaient scintillante avec des feux prismatiques inattendus. Leurs bras élevaient les tambours à grelots avec une grâce bizarre, et le tourbillonnement de la danse les entraîna bientôt avec tant de vitesse, qu'il devint impossible de distinguer le mouvement de leurs petits pieds bruns.

Tout à coup, en même temps que leurs chants et leur ronde, les feux vomis par le dragon s'arrêtèrent. En eût dit qu'un rideau tombait sur ce prestigieux spectacle. La foule, captivée par la musique des bohémiens, applaudit bruyamment, et Hugo van Goës, dont l'amour de l'art domina un moment les dernières préoccupations, ne put s'empêcher de s'écrier :

— C'est vraiment un curieux tableau.

La princesse Marie était tombée dans une sorte de rêverie. Après avoir cédé à l'entraînante harmonie des bohémiens, elle éprouvait le besoin d'entendre des airs moins bizarres et d'échapper à l'étrange en retrouvant l'idéal. La poésie de cette âme d'enfant se

trahissait sous mille formes, et Marie, s'approchant de son père,
lui dit, en entourant son cou de ses bras :

— Je vous en supplie, priez ma chère Aléna de chanter maintenant; je viens d'entendre un chœur de démons, j'ai besoin d'écouter
la voix d'un ange.

— Mais, ma chérie, répondit le duc de Bourgogne, ce que vous
souhaitez est impossible... Comment voulez-vous que l'on paraisse
assimiler la femme d'Hugo van Goës à ces filles d'Égypte, en lui
demandant de chanter après elles?...

— Ne craignez rien, père, la belle reine de Rhétorique, de Gand,
ne saurait refuser à la pauvre petite princesse qui lui doit la vie...
Et puis, si vous le permettez, demain je lui enverrai mon collier...

— Ainsi ferai, ma chérie; je vais transmettre votre prière à
Hugo van Goës.

Le duc appela l'artiste.

La barque des peintres, parmi lesquels se trouvaient Hugo et
Hemling, glissait en ce moment à côté de celle du duc de Bourgogne. Il fut facile au prince de dire à son favori :

— Hugo, mon ami, il s'agit de causer une grande joie à votre
prince et à sa fille.

— Parlez, monseigneur.

— Je n'ose point, en vérité.

— Vous savez bien que vous pouvez me demander ma vie,
monseigneur.

— Eh bien! par cette belle nuit, la dernière peut-être que nous
passerons ensemble, puisque vous voulez abandonner Bruxelles
pour Gand, je souhaiterais encore entendre la voix suave d'Aléna.

— Ce soir, ici?

— Tout à l'heure, Hugo... sans orchestre... Les sons que votre
femme tire de l'orgue ou du rebec suffiront pour accompagner
sa voix merveilleuse, qui fait rêver des anges à ma poétique
Marie.

— Vous serez obéi, monseigneur, dit Hugo.

L'artiste ne se trouvait point éloigné de la barque dans laquelle

Aléna restait paisiblement assise. La jeune femme assistait à la fête, mais sa pensée était loin, bien loin; elle rejoignait Jacob Weyten dans la maison de Gand, ou bien elle se reposait comme une bénédiction sur son enfant endormi.

Elle entendait vaguement les accords des orchestres et les chœurs; l'harmonie accompagnait ses rêves sans les distraire.

Quand Hugo, passant de l'arrière de son canot à la barque d'Aléna, s'assit à côté de sa jeune femme dont il pressa la main avec tendresse, Aléna parut s'éveiller d'un songe.

— La fête est terminée, n'est-ce pas? demanda-t-elle.

— Tout à l'heure, chérie; souffres-tu?

— Non; mais il me tarde d'embrasser Hubert.

— Si tu le veux, nous quitterons la fête avant la fin.

— Que faut-il faire pour cela?

— Accéder à un souhait du prince.

— Parle vite, cher Hugo.

— Charles le Hardi et sa fille Marie souhaitent t'entendre chanter...

Hugo, qui redoutait un refus, fut à la fois surpris et charmé de la réponse d'Aléna.

— Monseigneur de Bourgogne et sa fille Marie ont été très bons pour nous... Puisque je dois les quitter demain, je consens à leur dire adieu... Adieu, comprends-tu, mon ami?... Plus de fêtes pendant lesquelles le bruit remplace la joie, plus d'habillements somptueux sous lesquels il semble que le cœur batte moins à l'aise... plus de faux orgueil, de rire sans cause, d'apparence de bonheur, de fausseté, de convention... La vie retirée, la vie de famille, la vie avec toi, avec mon enfant... Oui, je chanterai, Hugo, et je ne veux pas que jamais ma voix ait été plus vibrante et plus joyeuse... Que l'un des musiciens me passe un instrument, je m'accompagnerai presque sans bruit...

Un instant après, Aléna, debout à l'arrière de la barque, effleurait de ses doigts blancs les cordes d'une viole.

La jeune femme, vêtue de blanc, la tête légèrement renversée en arrière, les yeux tournés vers le ciel, était à cette heure d'une beauté vraiment idéale. Les lueurs brillantes des pots à feu l'enveloppaient d'une lumière intense; elle s'enlevait sur ce fond de clartés comme une figure de sainte prête à quitter la terre.

Aléna chanta des paroles que nul n'avait entendues, et improvisa un air empreint des mélancolies célestes. Elle regrettait une patrie perdue vers laquelle tendaient ses vœux, et des larmes vinrent aux yeux de plus d'un des auditeurs, tandis que sa voix pure disait ces strophes douces et tristes :

> Qu'as-tu, ma pauvre enfant? tu pâlis, tu succombes...
> Où souffres-tu? Je veille et je pleure avec toi;
> Sur tes yeux qui jadis rayonnaient devant moi,
> Ta paupière alourdie avec langueur retombe.
>
> Je devine ton mal, je l'ai lu dans tes yeux.
> C'est le mal du pays : — tu regardes les cieux!
>
> Veux-tu revoir le ciel où passa ton enfance,
> La maison paternelle et les rosiers en fleurs?
> Sur terre, me dis-tu, nous sommes voyageurs,
> Et c'est plus haut encor que ton désir s'élance.
>
> Oh! je connais ton mal, je l'ai lu dans tes yeux.
> C'est le mal du pays : — tu regardes les cieux.
>
> Les fleurs n'ont ici-bas qu'un parfum éphémère;
> L'amitié n'est qu'un mot et le monde est trompeur;
> Tu verrais par degrés mourir ton pauvre cœur,
> Tu veux le rendre à Dieu dans sa splendeur première.
>
> Oh! je comprends ton mal, je l'ai lu dans tes yeux,
> C'est le mal du pays : — tu regardes les cieux!
>
> J'appelle aussi le terme où ta pensée aspire...
> Le trépas est pour nous l'aurore d'un beau jour;
> La terre est la douleur, le ciel est tout amour,
> Et l'on commence à vivre à l'heure où l'on expire.
>
> Je partage ton mal, je l'ai pris dans tes yeux.
> C'est le mal du pays : — et le nôtre est aux cieux !

Les barques avaient ralenti leur course, tandis que chantait Aléna. Les passagers écoutaient, attentifs et charmés, cette voix harmonieuse et pénétrante ; la princesse Marie, surtout, paraissait profondément émue. Quant à Hugo van Goës, deux grosses larmes roulaient sur sa joue, tandis qu'il attachait sur sa femme un regard empreint d'une ardente tendresse.

Aléna venait d'achever le dernier vers, et ses doigts légers, effleurant les cordes de la viole, en tiraient un accord prolongé, quand un choc subit, imprimé à la barque dans laquelle se trouvait la jeune femme, lui fit perdre l'équilibre et, avant qu'il fût possible de lui porter secours, le léger canot chavira, entraînant dans la Senne les rameurs et l'infortunée jeune femme.

Van Goës poussa un cri terrible et, sans calculer le danger, sans songer que, sous l'eau couverte de barques, il lui serait impossible de retrouver Aléna, il se précipita dans le fleuve en prononçant le nom de celle qu'il chérissait d'une si profonde tendresse.

Cette catastrophe arracha aux promeneurs une clameur d'épouvante ; mais ce premier drame ne fut que le prélude d'une scène dont la plupart des conviés du prince devinrent les acteurs.

Le brusque mouvement imprimé à la barque d'Aléna avait été produit par le choc rapide, imprévu, du dragon rempli de jongleurs et de chanteurs bohémiens. A un signal donné par un des hommes qui le montaient, l'étrange canot alla heurter la barque placée à sa droite et, tandis que les feux s'éteignaient à bord, le dragon frôla de si près la barque ducale que six des musiciens en franchirent le bord.

— Au duc ! au duc ! cria une voix tonnante.

En une seconde, Charles le Hardi se trouva debout, une dague d'une main, une épée de l'autre. Il y eut un moment d'effroi général, de panique horrible. Des femmes s'évanouirent ; les hommes, retrouvant soudainement le sang-froid et le courage, s'élancèrent vers le prince pour le défendre. Les premiers de tous furent les artistes peintres et sculpteurs flamands, à la tête desquels se trouvait Hemling. La chute d'Aléna, le dévouement d'Hugo van Goës, l'abordage du canot ducal par les six conjurés cachés au milieu des bohémiens, ces scènes diverses également imprévues et terribles se passèrent avec une simultanéité si grande que, dans les derniers canots des invités, suivant le cours de la Senne, on n'apprit ce qui s'était passé qu'au moment où justice fut faite.

Dans la barque ducale, le sang coulait... Rubbes, armé d'une courte masse de fer, s'élançait sur Charles de Bourgogne, quand l'épée d'Hemling l'atteignit à l'épaule ; le colossal foulon changea son arme de main, et la leva de nouveau... cette fois, c'en était fait du prince, si l'artiste, étreignant Charles de Bourgogne corps à corps, ne lui avait servi de bouclier vivant, tandis que l'un des seigneurs abattait d'un revers de glaive le poignet du régicide qui, poussant un hurlement sauvage, recula en agitant son moignon sanglant.

— Au duc ! sus au duc ! répétait-il d'une voix farouche, tandis que ses compagnons, criblés de blessures et couverts de sang, luttaient avec une sauvage énergie contre les défenseurs du prince.

Celui-ci frappait des deux mains, et chacun de ses coups faisait une blessure. A la lueur des torches et des pots à feu, on voyait son visage calme au milieu de cette scène de meurtre. On eût dit qu'il défendait une autre vie que la sienne, et qu'il ne se trouvait pas directement en jeu dans cette mêlée. Sous le poids des défenseurs qui s'étaient élancés vers le duc, la barque ducale menaçait de sombrer. Les corps des six hommes habillés en bohémiens restaient au fond du canot, et des blasphèmes inarticulés, de sourdes imprécations prouvaient seulement que la vie n'avait point encore abandonné ces misérables.

— Messieurs, dit le duc en remettant sa dague et son poignard à sa ceinture, je vous demande pardon d'avoir attristé cette fête par un semblable intermède ; mais, en vérité, il n'y a nullement de ma faute.

Et Charles de Bourgogne ajouta, en s'adressant aux mariniers :

— Atterrissons le plus vite possible.

Hemling pria le prince de passer dans une autre barque, Charles franchit le bord du canot pavoisé des artistes, et les comptant du regard :

— Où se trouve mon fidèle Hugo ? demanda-t-il.

Alors seulement on se souvint du choc qui avait arraché un cri
à Aléna, et comme on vit au loin flotter un canot dont la quille
noire surnageait, une terrible pensée s'empara en même temps de
tous les esprits.

— Aléna? où est Aléna? demandèrent vingt voix.

— Van Goës? appela de duc, van Goës?

Nul ne répondit à ce double appel, et une inexprimable angoisse
vint s'ajouter au bouleversement causé par la tentative d'assassinat
à laquelle le prince venait d'échapper d'une façon miraculeuse.

Les inquiétudes d'Hemling gagnèrent Charles de Bourgogne;
on vit sur son beau visage, que la terreur n'avait pas même fait
pâlir, l'expression d'une véritable douleur, quand il apprit que
parmi les barques on ne retrouvait point celle de van Goës, et
que, sans nul doute, le canot submergé était celui dans lequel Aléna,
belle de jeunesse, d'inspiration et de grâce, chantait, quelques
secondes avant le crime de Rubbes le régicide.

— Hugo! Hugo! une fortune à qui sauvera le grand artiste, à
qui me rendra mon ami ! répétait le duc.

En un instant, les canots abordèrent, la foule des invités gagna le
rivage, on put se compter, se chercher : ni Hugo ni Aléna ne se
trouvaient là. On enleva les faux bohémiens dans lesquels le
prince reconnut les mutins de Gand; les jongleurs et leurs compagnes furent provisoirement arrêtés, et cette troupe élégante et
joyeuse qui, deux heures auparavant, quittait la rive au bruit
d'acclamations enthousiastes et de chants de fête, reprit le chemin
de la capitale, l'angoisse au cœur, les larmes aux yeux.

Bientôt se répandit dans Bruxelles la double nouvelle du complot et du sinistre. Les habitants, restés pour la plupart sur les
bords de la Senne afin d'attendre le retour des barques, s'élancèrent
au-devant du prince, remerciant le ciel de l'avoir arraché au
danger.

Les hommes du peuple se frayaient un passage au milieu des
groupes d'invités; ils voulaient revoir leur duc, leur protecteur,
l'assurer de leur dévouement et de leur amour. Il fallut qu'on leur

montrât la princesse Marie qui, à demi-morte de frayeur, versait encore de grosses larmes. Le retour de Charles de Bourgogne dans sa bonne ville de Bruxelles eût pris les proportions d'une ovation, si l'inquiétude du prince au sujet de Hugo lui eût permis de songer à autre chose qu'au généreux et habile artiste.

Hélas! toute espérance semblait complètement perdue.

La barque remise à flot était bien celle qu'occupaient Aléna et son mari, au moment où le heurt du canot des bohémiens précipita par-dessus le bord la jeune femme, dont les lèvres achevaient ce refrain empreint d'un caractère si puissant de nostalgie céleste :

> Je partage ton mal, je l'ai pris dans tes yeux,
> C'est le mal du pays : — et le nôtre est aux cieux !

La blanche et angélique fille de Jacob Weyten, la perle de Gand, la radieuse reine de Rhétorique, avait été rejoindre les anges.

Lorsque Hugo Van Goës se précipita dans la Senne, il lui sembla rouler dans un abîme sans fin; ses bras s'étendirent au hasard, cherchant à saisir Aléna par ses vêtements; mais les sombres profondeurs de l'eau, succédant aux éblouissements d'une illumination féérique, ne lui permirent de rien distinguer. Le souffle lui manquait; il remonta. Mais alors son front heurta la quille noire du dernier canot courant sur la Senne à force de rames, tandis que le tumulte grandissait autour de la barque de Charles le Hardi. Étourdi par ce coup, Hugo retomba et, à force de volonté, parvint, en dépit de cuisantes douleurs, à reprendre la régularité des mouvements du nageur. Hélas! ses recherches demeuraient stériles. La fatigue ne tarda pas à s'unir au désespoir. Hugo, voyant qu'Aléna était à jamais perdue, se demanda pourquoi il lutterait contre la mort. Et, perdant l'énergie de la lutte, il s'abandonna au courant. Mais cette faiblesse ne dura pas assez pour l'engourdir d'une façon complète; van Goës était trop profondément chrétien pour ne point sentir le réveil de sa conscience. Il n'avait pas le droit de mourir par le suicide, et il devait essayer de lutter encore. Le souvenir de Notre-Dame-des-Neiges traversa son esprit; Hugo remonta à la

surface aussi rapidement que le lui permettaient ses forces; puis,
ayant aspiré l'air à pleins poumons, il sentit renaître ses forces et
se disposa à plonger de nouveau. Tandis qu'il respirait, les barques
lumineuses fuyaient vers la rive; mais, pour une raison que van
Goës ne s'expliqua pas, il lui sembla qu'au lieu de revenir dans la
direction de la ville, elles abordaient une rive sauvage et abandonnée.
Du reste, cette réflexion traversa à peine le cerveau fatigué du
malheureux : il étendit les bras, rencontra un canot chaviré qui
flottait comme une épave, et redescendit. En ce moment, comme si
la Providence tenait à le payer de ses courageux efforts, une masse
blanche flotta devant lui, non pas en suivant le courant, mais pous-
sée vers le bord de la Senne, baignant de vastes prairies. Les mains
de Hugo saisirent une draperie, un corps léger frôla ses membres,
et, le soutenant d'une main, tandis qu'il étouffait un cri de joie,
il se remit à nager. Ses forces lui revenaient. Il n'en doutait pas,
c'était bien son Aléna que le Seigneur venait de lui rendre. Cependant, au bout d'un moment, il sentit ses jambes se raidir, le
corps si léger de la jeune femme lui parut peser un poids énorme.
Hugo avançait avec peine, un cercle de fer pressait son front,
des bruits sourds l'étourdissaient; il tremblait de retomber dans
l'abîme avec celle que Dieu venait de lui rendre... Enfin une de ses
mains parvint à saisir une branche de saule, ses orteils s'enfon-
cèrent dans un sol humide, et il atteignit le bord d'un grand pré. A
peine s'y trouvait-il en sûreté, qu'écartant du doigt les cheveux couvrant le visage de celle qu'il avait sauvée, il s'écria :

— Aléna! mon Aléna!

Mais il n'en put dire davantage et roula sur le sol à côté du corps
rigide.

Un homme avait pris la jeune femme dans ses bras. (*Voir page* 198.)

XVII

LE FEU

Quand Hugo revint à lui, les bras enlacés autour de sa femme, toujours raide et glacée, une nuit complète régnait sur le fleuve. On ne voyait plus de barques au loin; tous les bruits étaient éteints dans la campagne. Hugo ne pouvait attendre aucun secours; les rares chaumières disséminées dans les champs se trouvaient fort éloignées; d'ailleurs, le malheureux n'y trouverait ni cordiaux ni soins intelligents pour sa femme. Que faire? attendre le jour? Mais, d'ici ce temps, Aléna serait morte. Elle était déjà si froide! Le malheureux comprit que l'unique ressource qui lui restait était de traverser la Senne à la nage et de gagner la ville.

Détachant la longue ceinture d'Aléna, il lia à ses flancs le corps de la jeune femme et se reprit à nager. Il se sentit plus robuste qu'il ne l'espérait d'abord : l'attente du salut doublait son énergie; il atteignit la rive en un quart d'heure, chargea son cher fardeau sur ses épaules et se mit à courir.

Le mouvement rappela la chaleur dans ses membres; l'espoir doublait son courage et, s'il s'arrêtait quelquefois haletant, il ne tardait pas à reprendre sa course vers Bruxelles.

Il n'avait point été question de couvre-feu dans la ville, ce soir-là.

Toutes les maisons paraissaient désertes, et les maigres lampes allumées dans les chambres basses étaient celles des impotents et des malades. Les vieillards et les infirmes restaient seuls dans leurs logis, tandis que les habitants de Bruxelles, massés sur les bords de la Senne, suivaient le sillage des barques illuminées.

Hugo connaissait à peu près la ville; cependant, abordant à l'extrémité de l'un de ses faubourgs, il n'était pas certain de se trouver dans une bonne direction, et il courait au hasard, traversant des ruelles sombres, des places désertes, des quartiers de juifs et de marchands, se fiant à son instinct moins qu'à la Providence pour le mettre sur le chemin de sa maison. Il lui semblait que, dès qu'il en aurait touché le seuil, Aléna serait sauvée.

Le corps de la jeune femme s'alourdissait sur son épaule; son visage glacé effleurait son visage, ses bras pendaient en avant et de longues mèches de cheveux fouettaient sa face aussi blanche que les blancs vêtements d'Aléna.

Hugo ne pouvait songer à trouver de l'aide dans ces maisons fermées. Une clarté, faible d'abord, puis progressivement plus vive, lui fit trouver la route la plus courte et, arrivé au bout d'une petite rue débouchant sur une place, il put se dire que le terme de cette effroyable course approchait.

Sa maison se trouvait située du côté opposé à cette même place. Tandis qu'il se réjouissait à l'idée de toucher au but, la lueur qui l'avait déjà frappé éclata, rougeâtre et terrible.

Une fenêtre s'ouvrit bruyamment au-dessus de la tête de Hugo, et une voix cassée, une voix de vieillard affolé d'épouvante, cria :

— Le feu ! c'est le feu !

Van Goës regarda de nouveau la lueur, semblable à une aurore boréale, et il répéta comme le vieillard :

— Le feu !

Immédiatement d'autres croisées s'ouvrirent, des barres de portes tirées par des mains débiles laissèrent voir de pauvres gens arrachés au sommeil et que leurs infirmités rendaient encore plus craintifs.

Hugo reprit sa course comme un fou ; en se rendant compte de la direction de la clarté qui grandissait de seconde en seconde, il comprenait que l'incendie dévorait une des maisons de son quartier. Les pétillements s'unissaient aux lueurs fulgurantes, l'âcre odeur de la fumée commençait à prendre à la gorge ; on entendait des voix s'appeler et se répondre ; les rues s'emplissaient d'un tumulte effrayant dominé par les cris :

— Au feu ! au feu !

Le malheureux van Goës se sent pris d'une nouvelle épouvante. Tout en serrant sur son cœur le corps glacé de sa femme, il songe à son enfant resté au logis avec les serviteurs. Qui sait si cette maison qui flambe dans la nuit n'est pas celle de l'artiste ? Hugo tourne la place et jette un regard éperdu dans la rue... Il recule d'effroi, incapable de supporter la vue du spectacle qui frappe ses regards, incapable de soutenir plus longtemps le cadavre de sa femme...

A l'heure où Aléna et van Goës quittèrent leur logis pour rejoindre les invités du prince, quatre domestiques se trouvaient à
la maison de l'artiste. Ils avaient ordre d'attendre leurs maîtres.
Mais à peine les bruits de la rue se firent-ils entendre, à peine les
habitants de la ville quittèrent-ils la cité pour voir, sur les bords de
la Senne, le charmant et curieux spectacle présenté par l'escadre des
barques pavoisées, que les deux hommes, sans prévenir les femmes
de leur départ, s'éloignèrent par la porte dérobée. Un moment après.
une servante venait chercher la camérière d'Aléna, et, sans se
douter qu'elle se trouvait seule, Gertrude continua de bercer le
petit Hubert. Gertrude était une brave fille incapable de manquer à
son devoir, et chérissant tendrement l'enfant confié à ses soins ;
mais elle était jeune et, après avoir longtemps chanté et balancé
le berceau d'Hubert, elle se sentit elle-même prise d'un irrésistible
sommeil et, s'abandonnant à un évanouissement complet de la
pensée, elle resta immobile dans le grand fauteuil. Les fantaisies
d'un rêve l'agitèrent ; elle fit un geste inconscient, comme si elle
repoussait un objet effroyable, et ce mouvement renversa la lampe,
placée sur une table à côté du grand fauteuil de Gertrude. Quelques
instants après, le sentiment d'une chaleur vive, et surtout la suffocation causée par la fumée arrachèrent la jeune fille à son sommeil.
Le feu, qui avait d'abord consumé le tapis de la table, puis d'autres
tentures, léchait maintenant les murailles. On ne respirait plus,
dans la chambre embrasée. Gertrude se dressa sur ses pieds, et,
cherchant le berceau d'Hubert, elle le vit atteint par les flammes.
Sans s'inquiéter d'elle-même, elle courut à l'enfant qui poussait
des cris aigus. Ses vêtements de nuit étaient atteints ; en pressant
le cher petit sur sa poitrine, Gertrude communiqua le feu à ses
propres vêtements. Alors l'effroi la rendit folle et lui fit perdre
jusqu'au sentiment de la conservation. Elle ouvrit la fenêtre et, penchée au dehors, elle appela au secours d'une voix désespérée. Tandis qu'elle implorait de l'aide au nom de la Vierge et des saints,
les flammes atteignaient la porte et coupaient la retraite à la
malheureuse servante.

Une grande clameur de pitié et d'effroi s'élevait des maisons voisines; mais, nous l'avons dit, il ne restait guère de gens valides dans la ville, et les infirmes, les malades, réveillés en sursaut par les cris *Au feu!* ne pouvaient que prier le ciel sans avoir la force de venir en aide à l'infortunée.

Gertrude élevait Hubert dans ses bras en répétant :

— Sauvez l'enfant! sauvez l'enfant!

Le pauvre petit ne criait pas, et le groupe de la servante affolée et de l'enfant immobile se détachait, en noire silhouette, sur le fond incandescent de l'incendie.

Ce fut en ce moment que Hugo van Goës déboucha dans la rue.

— Hubert! cria-t-il, Hubert!

Il déposa sur une marche le corps d'Aléna, qui lui semblait devenir de plus en plus lourd, puis s'adressant aux pauvres gens qui commençaient à sortir sur le seuil de leurs portes :

— Au nom du Sauveur, dit-il, rappelez ma femme à la vie; je vais essayer de sauver mon enfant!

Et Hugo van Goës jeta d'un coup d'épaule la porte de sa maison en dedans du couloir.

Le feu, qui s'était d'abord déclaré au premier étage, commençait à gagner le palier. Hugo franchit sans danger les vingt premières marches de l'escalier; il espérait gagner la chambre de l'enfant, dont la porte achevait de se consumer, quand il trouva un brasier devant lui; la mort était là sans nul doute, mais l'enfant restait dans la fournaise et Hugo s'y précipita.

Il sentit la flamme roussir ses cheveux et dévorer ses vêtements; il éprouva aux mains des douleurs cuisantes; mais il ne recula pas, saisit par l'épaule Gertrude qu'il entraîna et cacha Hubert contre sa poitrine. Au moment où il atteignait le palier, le feu gagnait les dernières marches de l'escalier. Hugo escalada la rampe, franchit le brasier, et soutenant d'un bras Gertrude paralysée, de l'autre son petit Hubert, il parut sur le seuil de sa maison.

Vraiment, ce fut un spectacle d'une horreur sublime, de voir cet homme aux cheveux roussis, aux habits en lambeaux, aux

mains saignantes, traînant une créature échevelée qu'il venait
d'arracher à un trépas horrible, et un enfant inanimé qu'il pressait
fiévreusement contre son sein.

Pendant cette scène déchirante, la rue dans laquelle achevait de
se consumer l'habitation de Hugo van Goës commença à se peupler
de curieux. Les hommes et les femmes qui avaient suivi, sur les
bords de la Senne, la course des barques illuminées revenaient, las
de marche et de bruit, vers leurs maisons silencieuses.

En un instant, la nouvelle du sinistre se répandit dans le quartier.
La renommée de Hugo van Goës, la protection dont l'honorait le
duc de Bourgogne, l'horreur d'une catastrophe qui le surprenait
en plein bonheur appelèrent rapidement des milliers de personnes
sur le lieu du sinistre. On s'empressa d'organiser une chaîne ;
malheureusement, à cette époque, on opposait au fléau de faibles
moyens de préservation ; la violence de l'incendie était si grande
que, bien loin de l'éteindre, l'eau rejaillissait en pétillant. Des
hommes courageux, escaladant les maisons voisines, abattirent au
péril de leur vie la toiture en flammes et les poutres embrasées.
Ne fallait-il pas d'abord circonscrire le feu et préserver les habitations voisines?

Quant à tirer de la fournaise une seule des œuvres d'art dont
regorgeait la maison de Hugo van Goës, il n'y fallait pas songer.

Le jour achevait de se lever, brillant et calme, quand les
dernières charpentes s'écroulèrent dans le brasier fumant.

Des ruisseaux de fange coulaient dans la rue ; leur héroïque
labeur terminé, les hommes regagnèrent leur logis. Sur chaque
seuil, les femmes s'entretenaient des événements de la nuit. Aucune
d'elles ne songeait à goûter du repos ; ne fallait-il point apprendre
ce que devenaient, pendant la fin de ce drame, Hugo van Goës,
Aléna, son enfant et la servante Gertrude?

Au moment où l'artiste, prêt à s'élancer dans la fournaise, avait
fait appel à la pitié en faveur d'Aléna, un homme avait pris la
jeune femme dans ses bras et l'avait portée chez deux vieilles
filles qui, à demi paralysées, avec des précautions infinies, la

transportèrent sur leur lit. Le feu fut rapidement rallumé dans le foyer, des couvertures chaudes, des cordiaux se trouvèrent prêts avec le zèle que la charité communique aux natures les plus engourdies. L'aînée des deux sœurs, Gudule, s'occupa d'enlever à la jeune femme sa robe de brocart blanc.

— Jésus Dieu ! Lisba, dit-elle d'une voix gémissante, ce pauvre corps est tout roide... Il nous faudra couper le corsage de soie... Pauvre jolie madame van Goës! elle partait souriante et parée, ce matin... Plus de souffle sur ses lèvres, plus de battements à son cœur !

Tandis que sa sœur frictionnait doucement les membres glacés d'Aléna, Gudule, desserrant les dents de la jeune femme, parvint à verser dans sa bouche quelques gouttes de cordial. Mais ni les soins ni les breuvages ne purent rendre le mouvement à ce jeune corps dont l'âme était envolée... Aléna avait quitté le monde pour lequel elle ne semblait pas créée, et sa dépouille mortelle reposait seule sur le lit des deux sœurs.

Gudule regarda Lisba avec épouvante.

— C'est fini? demanda celle-ci.

— Fini à jamais!

En ce moment, Hugo quittait sa maison en flammes. Il reconnut Gudule et franchit le seuil de l'hospitalière demeure qui s'était ouverte pour Aléna.

Du premier regard, il vit sa femme étendue sur le lit.

— Elle dort? demanda-t-il à Gudule.

— Oui, répondit la vieille fille, elle dort...

Hugo dégagea l'enfant qu'il gardait pressé contre sa poitrine, et, l'approchant des lumières placées près de la couche d'Aléna, il le regarda fixement.

Le pauvre petit avait les yeux clos, la bouche calme, ses membres gardaient leur élasticité, et la chaleur du corps s'était maintenue contre le cœur de van Goës. Cependant, quelque chose d'indéfinissable, à la fois douloureux et solennel, semblait empreint sur cet angélique visage, et Hugo, s'approchant de la couche sur laquelle reposait Aléna, plaça l'enfant près d'elle.

— La femme sommeille, dit Hugo, la mère va s'éveiller.

Mais les bras d'Aléna restèrent allongés et roidis sur les draps blancs, et les deux corps n'eurent aucun des frémissements de la vie.

— Un mire! un mire! s'écria Hugo; pour l'amour du ciel, trouvez un mire qui arrache Hubert et ma femme à cet épouvantable engourdissement!

Le souhait de Hugo ne tarda point à être exaucé : un savant homme habitant la même rue, apprenant l'incendie de la maison de van Goës, le sauvetage de l'enfant et de Gertrude, accourait offrir ses services.

— Venez, venez! dit Hugo en l'entraînant près du lit. Voilà mes seuls trésors, ma joie, ma vie! rendez-moi ma femme! rendez-moi mon fils !... Ils dorment tous deux, n'est-ce pas?... Mais cette torpeur m'effraie, ce silence m'épouvante, je veux entendre la voix de ma femme, je veux voir mon fils me sourire!

Le mire chercha le bras de la jeune femme.

— Eh bien? demanda Hugo.

Le docteur ne répondit pas. Il colla son oreille contre le cœur d'Aléna. Il écouta... hélas! il le pressentait d'avance, ce cœur si plein de tendresse avait cessé de battre.

Le mire connaissait la tendresse de Hugo pour sa femme; le courage lui manqua pour apprendre au malheureux artiste quel horrible malheur le frappait. D'un geste lent, il replaça le bras de la morte sur sa poitrine.

— Réginaldus! fit van Goës, réveillez-la, pour l'amour du ciel... Aléna, c'est moi, Hugo, ton mari... moi qui te rends ton fils, tout ce que tu aimes en ce monde!...

Le malheureux posa ses lèvres sur le front d'Aléna, il essaya de soulever le corps désormais rigide et, le sentant immobile dans ses bras, il eut, pour la première fois, le soupçon de la vérité.

— Réginaldus, dit-il en s'avançant vers le mire, Réginaldus, sur votre âme, dites-moi que ma femme n'est pas morte!

— Vous êtes chrétien, répondit le mire, Dieu la réveillera!

— Oh! ce n'est pas possible, dit Hugo, ce n'est pas possible!
Nous nous chérissions si profondément! Elle aimait tant son petit
enfant! Elle ne peut nous avoir abandonnés tous deux!

— Hugo van Goës, la tendre Aléna n'a point abandonné son fils...

— Que voulez-vous dire?

— Elle l'a emmené... répondit Réginaldus en attirant Hugo
contre sa poitrine.

Le malheureux ne comprit pas tout de suite le sens terrible de
ces paroles; il passa la main sur son front et chercha à rassembler
ses pensées. Depuis deux heures, tant de mortelles angoisses l'ac-
cablaient qu'il sentait lui échapper la notion de la vérité. La fête
du duc de Bourgogne, le brusque choc causé à la barque de sa
femme par le canot en forme de dragon des bohémiens, la chute
d'Aléna, les efforts désespérés de van Goës pour la sauver, son
retour à la vie dans la prairie déserte, la traversée de la Senne, sa
course à travers la ville abandonnée, puis l'éclat rougeâtre de l'incendie, l'apparition de Gertrude tenant Hubert dans ses bras,
Hubert asphyxié par la fumée, tout cela se heurtait dans sa tête.
Il lui semblait que des centaines de marteaux lui brisaient le crâne,
ses yeux voyaient se mouvoir des milliers d'étincelles, son cœur
battait à se rompre, et sa bouche répétait avec une monotonie
persistante :

— Ils vont s'éveiller tous deux... Le docteur ment... Aléna n'a
point emmené son enfant... Si elle voulait partir, elle savait bien
que j'étais prêt à la suivre.

Van Goës se pencha au chevet de la morte.

— Abigaïl, dit-il, ma blanche et sainte Abigaïl, tes vœux sont
exaucés, nous allons retourner à Gand... Tu rentreras dans la maison des roses... Ton père nous attend, là-bas... La fête t'a fatiguée?
tu dors longtemps! bien longtemps!...

Réginaldus tenta d'arracher l'artiste au spectacle de cette double
mort; mais la colère brilla dans les regards de Hugo, qui bondit
vers la couche mortuaire.

— Elle est à moi, à moi! dit-il. Quand elle s'éveillera, elle chantera encore, comme elle chantait sur le fleuve...

Alors Hugo répéta, d'une voix étouffée, le refrain de la mélodie qui s'était éteinte avec la vie sur les lèvres de la jeune femme :

> Oh ! je comprends ton mal, je l'ai pris dans tes yeux.
> C'est le mal du pays : — et le nôtre est aux cieux !...

Van Goës chantait encore quand Hemling, le visage bouleversé et portant en écharpe son bras entouré de linges sanglants, pénétra dans la salle.

— Dites-moi que ce n'est pas vrai, Réginaldus! On vient de m'apprendre d'épouvantables choses... Aléna morte dans la Senne, et son fils étouffé dans l'incendie, et Hugo, mon cher Hugo...

— Celui-là, maître Hemling, répondit Réginaldus, celui-là aussi a cessé de souffrir. Dieu, en lui enlevant tout ce qu'il chérissait en ce monde, lui a aussi retiré la raison...

Deux jours plus tard, une des chambres de la maison occupée par Hemling présentait un désolant aspect. On avait fermé les fenêtres et tiré des rideaux sombres; l'obscurité du tombeau régnait dans cette pièce encombrée de meubles brisés. Dans un angle, et succombant à la lassitude qui suivait des accès de désespoir manifesté par de terribles colères, se tenait Hugo van Goës accroupi sur le sol, les doigts crispés dans ses cheveux, la bouche tordue par un spasme horrible.

Depuis qu'on l'avait séparé du cadavre d'Aléna, la folie furieuse avait succédé à une déraison paisible. Il voyait dans chacun de ceux qui l'approchaient les meurtriers de sa femme et de son enfant et ses propres bourreaux. Il s'élançait vers eux avec des cris farouches, redemandant ceux qui n'étaient plus, et se faisant une arme de ce qui se trouvait alors sous sa main.

Le mire Réginaldus ne laissait à Hemling aucune espérance; mais celui-ci, résolu à ne point abandonner son compagnon de jeunesse, s'opposa à ce que l'on enfermât Hugo dans un des sinistres asiles ouverts aux êtres éprouvés et souvent dégradés, hélas! par la porte de la raison.

— Hugo est fou, je le reconnais, répondait Hemling quand Réginaldus insistait pour emmener le malheureux loin de la demeure du vaillant artiste; il est fou, mais une si belle intelligence un moment obscurcie ne peut être à jamais perdue. Je me regarderais comme coupable si je ne continuais à veiller sur cette flamme à demi-éteinte... Croyez-le, Réginaldus, si van Goës peut être sauvé, ce sera par l'amitié plus que par la science; je consens à laisser quelques jours ce malheureux dans l'isolement, à lui faire prendre des breuvages composés par vous, et dont l'effet sera de calmer la violence de son délire; mais je ne veux pas qu'on le descende au rang des insensés ne laissant aucune espérance de salut.

— Pouvez-vous lui rendre Aléna? demanda le mire.

— Dieu lui donnera la certitude de la revoir au ciel.

— Je suis médecin, ajouta Réginaldus, et j'implorerai pour votre grand artiste la science que j'ai acquise.

— Je suis son ami, répondit Hemling, je tâcherai de guérir la plaie qui saigne dans son cœur.

— Vous savez à quels excès le pousse son exaspération?

— Il a brisé des bahuts, des œuvres d'art : qu'importe!

— On pourrait prévenir les suites de ses colères...

— De quelle façon?

— En paralysant les mouvements du pauvre insensé.

— Non! répondit Hemling, il ne doit pas souffrir davantage. Revenez demain, Réginaldus, ne l'abandonnez pas à sa folie, et ne m'oubliez pas dans ma douleur.

Le front entre ses mains, le jeune homme s'absorba dans une réflexion profonde. Comment sauver cette belle intelligence du terrible naufrage où elle se débattait?

Une pensée lui vint : Gaspar Ofhuys.

Bien que sorti du monde, il n'était pas mort à ses amis. Au contraire, son dévouement s'était doublé de tant d'abnégation pour lui-même qu'il devait être, plus que jamais, incliné sur toutes les souffrances humaines. Dans l'Église, au temps de sa plus grande ferveur, au temps où les docteurs qui restent nos maîtres propageaient avec éloquence les doctrines de l'Évangile, ne vit-on pas Basile et Grégoire de Nazianze donner l'exemple d'une amitié que la mort seule put briser? Et l'affection de Jonathas pour David n'était-elle pas encore un exemple émouvant? De même que le Christ avait tiré son ami Lazare des ombres du tombeau, Gaspar Ofhuys, son disciple, arracherait son ami Hugo de la nuit de son intelligence, des griffes de la folie.

L'angélique visage commençait à sortir de l'ombre. (*Voir page 213*).

XVIII

LA HARPE DE DAVID

Quand le mire fut parti, Hemling prit une feuille de parchemin et se mit à écrire au Frère Gaspar Ofhuys une longue lettre, où il retraçait tous les malheurs de Hugo van Goës et lui demandant d'accourir auprès de leur ami pour l'arracher à la folie qui implantait déjà ses horribles griffes dans le cerveau du peintre.

A peine eut-il terminé cette missive que Hemling ordonna de la porter sans tarder au Cloître Rouge.

Le messager avait ordre d'attendre une réponse.

Hemling quitta sa chambre et entra dans la salle habitée par van Goës.

Le malheureux, debout au milieu de la pièce, le visage hagard, la respiration courte et sifflante, croyait encore se trouver au milieu des flammes. Il tentait des efforts imaginaires pour sauver son enfant; il suppliait Aléna de lui venir en aide. Une sueur froide coulait de son front, il appelait Hubert, il maudissait Gertrude; puis, tout à coup, vaincu par la puissance de ses émotions, il tomba sur son siège et fondit en larmes.

Hemling s'approcha, lui parla doucement, le prit dans ses bras; d'abord, Hugo parut écouter sa voix avec attention; bien qu'il ne comprît pas les paroles de son ami, on eût dit qu'elles l'apaisaient; mais bientôt il retomba dans sa torpeur, puis il se roula sur le sol en poussant des cris déchirants.

Hemling, rempli d'attendrissement et d'horreur, ne se sentait pas le courage d'abandonner son malheureux ami.

La nuit était venue; mais, dans cette chambre dont Hugo s'obstinait à garder les fenêtres closes, on ne se rendait plus compte de la fuite des heures.

Un bruit léger fit tourner la tête à Hemling.

Sur le seuil de la porte se tenait un moine.

— Gaspar! s'écria l'artiste.

— Oui, c'est moi, répondit le moine. L'heure où tu souffres est celle qui m'appartient... Je me dois à Hugo plus encore que toi-même, car les vœux vont bientôt me lier à tous les malheureux, tandis que ton serment te laisse aux ordres de Charles le Hardi... Suivons chacun notre maître, Hemling : qui sait si le Seigneur ne t'appellera pas à ton tour?... Ami, ajouta-t-il, après avoir lu ta

lettre, je suis allé trouver le Supérieur du Cloître Rouge, je lui ai
raconté notre jeunesse laborieuse, notre inviolable amitié, je l'ai
supplié, en présence du malheur qui frappait Hugo, de m'autoriser
à me dévouer à ce malheureux... La charité du Père Saint-Géry ne
lui a point permis de me refuser; je viens prendre ici ce pauvre
fou, je l'emmènerai dans notre sainte maison, il y trouvera le
repos avant de retrouver la raison. Crois-moi, Hemling, à l'ombre
des chênes centenaires de Soignes, Hugo van Goës se guérira plus
vite qu'il ne le pourrait faire ici... Je sais bien que, loin de regarder sa présence comme un fardeau, tu la considères comme une
bénédiction, comme l'acceptation d'un mandat... Mais, tu l'as dit,
Charles de Bourgogne peut t'entraîner avec lui dans de périlleuses
entreprises, et notre malheureux ami resterait seul... Enfin, tu te
dois à l'art dont tu fais ta vie et qui te paie en renommée; moi, j'ai
rompu tout engagement avec le siècle, et je n'écrirai plus jamais
des poésies et des drames, comme du temps où la gloire était le
grand souci de notre avenir...

— Tu es un saint, répondit Hemling.

— Tu me permets d'emmener van Goës?

— Je consens à ce sacrifice par amitié pour lui.

— Dieu t'en récompensera en le guérissant.

— Tu espères donc?

— J'espère toujours.

— Mais tu ne peux te faire comprendre du malheureux, et, si
l'on tente de l'entraîner de force, il résistera et poussera des cris
déchirants.

— Ne craignez rien à ce sujet, dit Réginaldus en entrant; il
suffira de quelques gouttes de ce cordial pour l'endormir comme
un enfant.

Le mire fit tomber dans un gobelet plein d'eau une faible quan-
tité de liqueur rouge, puis il tendit le vase à Hugo van Goës.

Celui-ci le vida d'un trait.

Deux minutes après, ses paupières battaient sur le globe con-
vulsé de l'œil : ses membres se détendirent; son visage perdit son

horrible contraction nerveuse, et un doux sommeil s'empara de ses sens.

On le descendit dans la litière amenée par le moine.

Quand Frère Gaspar Ofhuys vit le malheureux étendu sur les coussins, il serra Hemling dans ses bras.

— Prie Dieu de bénir mon œuvre, murmura-t-il.

— Au revoir! dit Hemling; j'irai bientôt demander des nouvelles de celui qui fut Hugo van Goës.

Une minute après, le pauvre fou, couché sur les coussins de la litière, suivait inconsciemment la route du Cloître Rouge, tandis qu'Hemling, fixant des yeux pleins de pleurs sur un crucifix, murmurait :

— Vous êtes l'alpha et l'oméga de la vie, Seigneur, et nous sommes tous de malheureux insensés de chercher le bonheur en d'autres qu'en vous-même.

Quand Hugo van Goës sortit de l'assoupissement dans lequel l'avait plongé le cordial composé par Réginaldus, il jeta autour de lui des regards curieux et farouches. Sa chambre était une cellule étroite, dans laquelle se trouvaient un lit composé d'une planche, une table et un escabeau. Une grande fenêtre, s'ouvrant sur l'immensité verte de la forêt de Soignes, avait été récemment munie de barreaux de fer, car les scellements paraissaient faits de la veille. Hugo se leva, marcha en cercle dans sa cellule comme une bête féroce enfermée dans sa cage; puis, retombant dans le noir délire auquel il était en proie depuis la double catastrophe qui lui ravit sa femme et son fils, il se mit à pousser des cris de détresse. Devant lui s'ouvraient tour à tour le gouffre de l'eau et le gouffre du feu; il recommençait le labeur d'un double sauvetage, et, tour à tour, il adressait la parole à sa femme et à son enfant.

— Je vous sauverai! criait-il en se précipitant vers la fenêtre; au lieu de voir à ses pieds la cime touffue des arbres de la forêt de Soignes, il lui semblait être en face de sa maison en flammes. L'image d'Hubert l'appelait, et, dans son impuissance à briser l'obstacle se dressant entre lui et l'enfant qu'il voulait sauver, il déchirait ses ongles, il ensanglantait ses mains, multipliant d'inutiles efforts pour desceller les barres de fer de la croisée.

Tandis qu'il se livrait à son stérile labeur en poussant des cris de rage, les sons d'une musique lente et douce se firent entendre ; les longs arpèges des harpes semblaient pleurer sur d'immenses douleurs ; les graves accords de l'orgue leur répondaient comme des sanglots plus sourds, puis une voix d'enfant claire et douce, une voix d'une idéale pureté, commença l'*Ave maris stella*.

Dès les premiers sons, Hugo van Goës s'arrêta ; son corps tremblait comme s'il venait de sortir d'une rivière glacée. Il passa la main sur son front, et l'expression de son visage changea d'une façon soudaine.

— Aléna ! dit-il, j'entends la voix d'Aléna !

Et le malheureux demeura debout, comme en extase, les bras tendus vers le côté d'où venaient jusqu'à lui les notes harmonieuses.

Le sourire de la béatitude remplaçait l'expression d'une farouche douleur, ses nerfs fatigués se détendaient ; un souffle calme soulevait sa poitrine ; son pouls retrouvait la régularité de ses battements ; une ivresse contenue baignait à la fois son corps et son âme ; il recula, brisé par cette impression délicieuse succédant tout à coup à l'épouvante des spectacles qui, tout à l'heure, frappaient ses yeux ; puis, tombant sur sa pauvre couche, il croisa les mains sur sa poitrine et s'endormit en murmurant :

— Chante encore, Aléna, chante toujours !

Quelques minutes après, la voix de l'enfant et le son des instruments s'éteignirent ; alors le Père Saint-Géry entra dans la cellule de van Goës avec Gaspar Ofhuys.

— Voyez, mon Père, dit le novice, Dieu bénit votre bonté pour ce malheureux... Après avoir adouci la folie de van Goës, nous finirons par la guérir.

— Dieu vous exauce, mon fils ! répondit le Supérieur.

Le vieillard et le novice quittèrent la cellule.

Quand Frère Gaspar y revint trois heures plus tard, un Frère cellérier le suivait, portant quelques aliments sur un plateau. Ils furent placés à la portée de la main du pauvre fou. Celui-ci s'éveilla au bruit que fit la porte en se refermant. Le sommeil l'avait rafraîchit, reposé; il sortait d'un songe heureux; le souvenir de ses malheurs ne revint pas tout à coup heurter son esprit; l'instinct se réveilla; il avait faim; il étendit la main vers les aliments placés près de lui, mangea, se recoucha et retomba dans une torpeur absolue.

Mais à peine les premières clartés du jour se montrèrent-elles à travers sa fenêtre, que la folie hanta de nouveau sa pensée. Seulement, au lieu d'être farouche, elle devint lamentable. Il voyait Aléna couchée sous un bloc de glace et tentait vainement d'enlever le poids comprimant le corps de la frêle créature.

N'en pouvant venir à bout, il s'étendit sur le sol, et, à voir de quelle façon il cherchait à s'y applatir, on eût dit qu'il voulait s'incruster dans le plancher de la cellule.

— Aléna, disait-il, je ne puis déraciner la roche de glace, je la ferai fondre, car mon cœur brûle...

Puis, tout à coup, il se redressa et agitant les bras avec désespoir :

— Je n'ai plus de cœur ! dit-il, je n'ai plus de cœur ! On l'a arraché de ma poitrine... Aléna restera toujours sous le rocher de glace... je ne la reverrai plus jamais ! jamais !

Il déchira ses habits, se roula sur le sol et il allait prendre son élan pour se précipiter contre la muraille, quand le son des orgues se fit entendre.

Comme la veille, il se calma par degrés et finit par s'endormir.

Chaque jour, à l'heure où l'infortuné subissait des crises de folie dont le caractère et l'intensité empruntaient des formes aussi variées que la douleur même, des musiciens invisibles commençaient leur concert.

Hugo van Goës, qui avait toujours passionnément aimé la musique, et qui trouvait le repos et la joie de sa vie dans le talent de sa jeune femme, se débattait un moment contre son influence, mais il ne tardait pas à tomber sous le charme endormant de la symphonie. Ses colères, ses luttes ne cédaient pas toujours immédiatement à l'influence de la voix des enfants de chœur et des accompagnements des moines; mais, après un temps plus ou moins long, Hugo s'assoupissait et retrouvait d'heureux rêves.

Gaspar Ofhuys remplaça les habits en lambeaux de son ami par une robe de bure. Rien n'était plus touchant que de voir van Goës amaigri, pâle, les yeux rougis par les larmes, les mains nerveusement agitées, la bouche frémissante, errer dans sa cellule en poursuivant l'ombre de celle qu'il ne devait plus revoir.

Peu à peu, les crises diminuèrent d'intensité et de durée. Il parut reconnaître vaguement le Frère qui le servait. Son désespoir perdit sa fureur; il pleura, il ne blasphéma plus. Souvent il parlait de lui-même comme d'un étranger. Il se souvenait d'avoir connu Hugo van Goës, d'avoir admiré ses toiles.

— Il était heureux entre les heureux! disait-il ; il ne demandait rien que de garder sa femme et son enfant, et Dieu les lui prit... Alors il s'enfuit loin, très loin...

— Où est-il allé? demanda un jour Gaspar.

— Il est mort... répondit lentement Hugo.

— Vous l'aimiez beaucoup?

— Oui, je l'aimais...

— Et sa femme, vous souvenez-vous de l'avoir vue?

— Aléna? oui, je me rappelle. Aléna!... Qu'elle était belle, mon Dieu!

— Ne pourriez-vous faire son portrait de souvenir?

— Je ne sais pas peindre... répondit Hugo lentement.

Gaspar ne voulut point, ce jour-là, pousser plus loin l'épreuve. Il craignait d'augmenter le mal en excitant une émotion trop forte dans ce cerveau plein de ténèbres.

Les semaines, les mois se passaient. Peu à peu, un, puis deux musiciens entrèrent dans la cellule du pauvre fou. Hugo ne paraissait pas les voir, mais il les entendait avec ravissement. Son âme rayonnait sur son visage, tandis qu'il écoutait les lyres et les harpes

Ofhuys, voulant un jour s'assurer que van Goës avait conscience
du soulagement que lui apportait la musique, fit à dessein retarder
l'heure du concert habituel. D'abord, van Goës donna des marques
d'inquiétude, puis il devint triste, enfin il s'écria avec une sorte de
désespoir :

— Les anges! est-ce que je n'entendrai plus chanter les anges?

L'angoisse de van Goës se fût manifestée d'une façon terrible,
si, dans ce même moment, les moines chargés de le distraire de sa
folie, comme David calmait les accès furieux de Saül aux sons de
sa harpe, ne fussent entrés dans sa cellule.

— Les anges sont revenus! dit Hugo avec ravissement... La voix
d'Aléna domine leurs mélodies... Aléna... je la vois toute blanche,
couronnée de lis; des ailes d'or la parent comme un oiseau céleste...
Aléna est le cygne divin du paradis.

Chaque jour un progrès se fit remarquer dans la situation d'esprit d'Hugo van Goës; cependant la mémoire ne lui revenait point,
sa pensée s'égarait dans le vague des rêves; seulement les cris de
colère ne se renouvelaient plus, quand il s'éveillait du sommeil
dans lequel le jetait la musique; loin de s'agiter, il demeurait pai
sible, l'œil perdu dans le vague. Il passait souvent une partie de
ses journées debout auprès de la fenêtre, regardant voler les oiseaux au-dessus de la cime des arbres. Jamais il ne demandait à
sortir de sa cellule. Parfois il examinait d'un œil surpris la robe de
moine dont il était revêtu, mais ne songeait point à la déchirer.

Gaspar Ofhuys crut que l'heure était venue de tenter une épreuve
dont pouvait dépendre le salut de son malheureux ami.

Il hésita longtemps avant de prendre une décision, car, si cette
tentative pouvait arracher Hugo à sa langueur et à sa mélanco-
lique folie, elle amènerait peut-être le retour des crises terribles
que l'on avait conjurées au moyen de l'harmonie.

Cependant l'avis de Réginaldus, qui plusieurs fois déjà avait
visité Hugo au Cloître Rouge, fut que le malade était assez fort
pour supporter une commotion soudaine et violente.

Hemling, mandé à l'abbaye, se rendit à l'appel de Gaspar.

On profita du sommeil de van Goës pour dresser, dans sa cellule, un chevalet et une boîte de couleurs.

Les moines se groupèrent dans le fond de la pièce, et, au moment où le malade s'arrachait à la torpeur du sommeil, les accords puissants d'une large mélodie se firent entendre, et la voix plaintive d'un enfant de chœur commença le *Stabat*.

Pendant ce temps, Hemling, assis devant la toile, esquissait de souvenir la figure d'Aléna.

Hugo sourit d'abord, comme il faisait chaque fois qu'il entendait une symphonie ou un chant d'église. Il s'absorba dans le sentiment de joie intime causé par la musique; mais bientôt un sens nouveau parut se réveiller en lui. Au lieu de rester étendu sur sa couche, savourant avec lenteur la mélodie désolée, il se leva lentement, timidement, avec des gestes d'enfant craintif; puis, à pas étouffés, il se rapprocha d'Hemling.

L'angélique visage d'Aléna commençait à peine à sortir de l'ombre; l'ensemble de la figure s'accentuait; les mains se joignaient sur la jupe de brocart blanc; l'épaisse chevelure blonde tombait sur les épaules gracieusement effacées. La taille souple se dégageait sous le surcot long et étroit.

A mesure qu'il avançait dans son ébauche, Hemling devenait inquiet. Son regard anxieux interrogeait Gaspar. Celui-ci ne quittait pas des yeux Hugo van Goës qui, attiré peu à peu par un mystérieux intérêt, se penchait sur l'épaule d'Hemling et suivait son travail avec une attention douloureuse.

— J'ai vu peindre Hugo van Goës, murmura le pauvre fou... On disait qu'il avait du génie...

Hemling chargea rapidement sa palette de tons frais, et, tandis que l'orchestre jouait avec une douceur plus pénétrante, l'artiste commença la figure de la jeune femme. Il peignit d'abord son front pur et blanc, son nez d'un dessin correct comme celui des beaux profils grecs, sa bouche grave sur laquelle errait un sourire humide. Hugo se pencha davantage, sa respiration devint difficile, ses doigts nerveux s'agitèrent. Évidemment, il luttait avec peine contre l'envahissement d'une pensée terrible...

L'enfant de chœur s'arrêta; l'archet des moines cessa de faire vibrer les cordes; alors le lien fragile retenant Hugo à la terre parut prêt de se rompre; le souffle lui manqua, il chancela, et Gaspar le reçut dans ses bras...

— Pauvre van Goës! dit-il, pauvre van Goës!

— Jouez! jouez encore! cria Ofhuys éperdu.

Le concert reprit plus lent, plus doux et plus triste; il pleurait les strophes du *Dies iræ*...

Hemling, qui venait de donner au visage de la morte un grand caractère de ressemblance, avait à dessein évité de peindre les yeux. Il voulait que le regard bleu de la jeune morte frappât van Goës d'une commotion soudaine. Mais si grand était le génie de l'artiste qu'il lui suffit de trois coups de pinceau pour rendre à ce regard son lumineux éclat.

— Bien! bien! murmura Gaspar Ofhuys.

Un cri jaillit des lèvres blêmes d'Hugo. Il arracha des mains d'Hemling ses pinceaux et sa palette, et, avec une rapidité dépassant de beaucoup la fougue de sa première inspiration, il retoucha le visage de la jeune femme, avivant les lèvres, donnant au regard un fluide pur, arrondissant les contours de cette figure angélique, mettant l'idéal où Hemling s'était contenté de reproduire la réalité.

— Jouez encore! jouez toujours! dit Gaspar aux moines.

Hugo peignait, emporté par une puissance inattendue. Le calme revenait à son visage; la transfiguration du génie éclairait son front pâle et mettait des éclairs dans ses yeux. Il ne voyait ni Hemling ni Gaspar; son esprit habitait sans doute près de celle qu'il avait perdue; mais la tendresse et le génie survivaient à ses souffrances, et celui qui depuis de longs mois attristait ses amis du spectacle de sa folie retrouvait son merveilleux talent, pour rendre à l'image d'Aléna le charme dont le Seigneur l'avait douée.

Jamais chef-d'œuvre plus complet n'était sorti des mains de van Goës. Quand cette douce figure fut achevée, quand la palette et les pinceaux s'échappèrent des mains de l'artiste, celui-ci trembla de tout son corps et tomba sur les genoux en poussant un cri :

— Aléna vivante! s'écria-t-il.

Oui, son génie venait de la ressusciter; elle souriait, elle vivait sur la toile; c'était la perle de Gand telle qu'elle avait paru le jour de l'entrée de Charles le Hardi dans sa bonne ville, quand elle représentait la reine de Rhétorique au milieu des poètes et des artistes de sa patrie.

— *Dies iræ, dies illa!* chanta la voix de l'enfant de chœur.

Hugo porta les deux mains à sa poitrine.

— Aléna est morte ! fit-il.

Hemling et Gaspar Ofhuys l'emportèrent, évanoui, dans leurs bras.

Quand Hugo van Goës sortit de cette léthargie de la pensée, il cacha son front dans le sein du jeune novice.

— Pleure, lui dit Gaspar, pleure, cher et noble ami; celle que tu as perdue valait de tels regrets...

Lentement les moines s'éloignèrent; van Goës se trouva seul avec ses compagnons de jeunesse et de gloire.

— Depuis combien de jours Aléna est-elle morte? demanda-t-il.

—Depuis six mois...

— Alors j'ai été fou?

— Il a plu au Seigneur, dans sa miséricorde, de t'enlever pour un temps le sentiment de la douleur.

— Tu m'as sauvé, Gaspar... je me souviens maintenant... Je te voyais passer dans cette cellule comme à travers un brouillard... Au milieu de mes ténèbres, j'entendais les mélodies de tes frères... Je comprends... la harpe de David calmait les fureurs de l'insensé...

Hugo retourna près du portrait d'Aléna.

— Je me rappelle tout... dit-il, tout...Nous étions dans une barque, la princesse Marie témoigna le désir de l'entendre.., elle chanta... On eût dit qu'elle devinait l'avenir...

Et le malheureux murmura :

> Oh! je comprends ton mal, je l'ai lu dans tes yeux.
> C'est le mal du pays : — tu regardes les cieux!

— Ami! ami! dit Gaspar avec angoisse.

— Ne crains rien, répondit le malheureux; je te l'ai dit, tu m'as sauvé...

Il ajouta, en regardant sa robe de bure :

— Ton amitié m'a couvert de ce vêtement de moine, de cette tunique de pénitent; tu as bien fait, Gaspar, mon frère, je ne la quitterai plus...

— Que veux-tu dire?

— Nous achèverons notre noviciat ensemble, dit Hugo d'une voix dont il s'efforçait d'étouffer les sanglots... Mon cœur de chair s'est attaché follement à une créature aimée : il a plu à Dieu de me la reprendre, de m'enlever le même jour l'enfant qu'elle m'avait donné; je ne veux plus rien des joies qui finissent, des renommées impuissantes à guérir le cœur, de la fortune inutile aux infortunés; il ne me faut plus qu'une robe de bure et un crucifix pour y coller mes lèvres!

— Mon frère! mon frère! dit Gaspar en le pressant dans ses bras.

Le Père Saint-Géry parut sur le seuil de la chapelle.

Il leva la main avec solennité, Hugo et Gaspar baissèrent la tête.

— La paix soit avec vous, mon fils! dit le vieux moine à Hugo van Goës; puissiez-vous trouver le repos à l'abbaye du Cloître Rouge.

FIN

www.ingramcontent.com/pod-product-compliance
Lightning Source LLC
Chambersburg PA
CBHW070902030726
47504CB00005B/1428